<완결>

7

낭도

서해 신무협 장편 소설

뿔미디어

차
례

1장

섬서 화음현.

한 사내가 객잔과 주루를 겸한 화음제일루로 들어서고 있었다.

점소이는 사내를 삼층으로 안내했다. 때마침 시각이 오시(午時)라 삼층은 손님들로 북적였다. 점소이는 사내를 한 탁자로 안내한 후, 얼마 되지 않아 음식을 가져다주었다.

"으음, 괜찮은데?"

임유성은 소채 볶음을 씹으며 중얼거렸다.

주변에서 사람들이 웅성웅성거렸다. 허리춤과 등에 멘 병기로 보아 강호인들 같았다.

그들은 서로 술과 음식을 먹으며 왁자지껄 떠들었다.

"그자가 과연 화산으로 올까?"

"모르지. 소림이 있는 하남은 섬서, 그리고 호북과 맞닿아 있으니까."

"내 생각에는 무당으로 움직일 것 같은데. 자고로 강호에서 숭소림 존무당이라고 말하지 않는가?"

"하긴, 무당으로 움직일 수도 있겠군."

"그나저나 도대체 어떤 사람일까?"

"왜? 보고 싶은가?"

"당연하지. 나이가 몇이며 사문은 어디인지, 그리고 왜 무엇 때문에 소림을 그리 만들었는지 자네는 안 궁금한가?"

"하하, 나도 궁금하지. 그래서 혹시나 해서 이곳 화산으로 온 것이 아닌가?"

그때였다.

삼층 우측 끄트머리에 자리한 탁자에서 가벼운 기침 소리가 연이어 들렸다. 기침 소리는 꽤 크게 울려 삼층에서 떠드는 사람들의 목소리를 잠시 뒤덮었다.

"콜록, 콜록."

일순간 사람들의 시선이 탁자로 쏠렸다. 그들의 눈에 탁자에 앉아 있는 다섯 명의 무복인이 보였다.

무복인들은 거리낌이 없었다. 못마땅한 눈초리로 쳐다보는 사람들의 시선을 거만하게 마주 보았다.

그들의 모습은 흔히 오만방자하다는 말을 연상시킬 정도로 거만했다.

사람들은 몸을 움츠리며 작은 목소리로 속삭였다.

"쉿, 화산 속가일세."

"그걸 어떻게 아는가?"

"저치들 옷소매를 보게."

사람들은 고개를 돌려 탁자에 앉은 다섯 무복인을 힐끔거렸다. 그들의 시선은 곧장 무복인들의 옷소매로 향했다.

무복인들은 사람들이 속삭이는 목소리을 들은 듯 대놓고 두 손을 들어 탁자에 올렸다.

소매에서 팔뚝까지 매화 문양이 수놓아져 있었다.

사람들은 그 문양을 보고는 수군거렸다.

"내 말이 맞지?"

"글쎄, 내가 아는 바로는 옷소매에 매화 문양을 수놓는 것은 오직 화산파의 매화검수들뿐이라고 하던데……."

"이 사람, 세상 물정을 모르긴. 화산 속가들이 자신들이 화산파의 제자임을 드러내기 위해 매화검수들의 매화 문양을 본뜬다는 것도 모르나?"

"그러고 보니 매화검수들의 문양과는 좀 다른 것도 같으이."

"이 사람이. 잘 듣게. 매화검수들의 문양은 옷소매의 테두리를 따라 수놓아져 있네. 그리고 속가들은 팔뚝까지 매화 문양을 수놓네. 잘 보이도록 드러내기 위함이지. 이제 알겠는가?"

사람들은 다섯 무복인을 연방 힐끔거렸다.

다섯 무복인은 사람들의 시선을 즐기는 듯 여봐란 듯이

말했다.

"사형, 그놈이 본산으로 쳐들어올까요?"

"모르지. 하지만 본산이 그놈에게 당하는 것을 두고 볼수는 없다."

"지당하신 말씀입니다. 본산이 소림처럼 그런 수치를 당하게 지켜볼 수야 없지요."

"암요. 그놈이 감히 우리 화산파를 건드린다면 응당 목을 뎅겅 잘라 버려야지요."

"자자, 우리 술이나 한잔 마시고 어서 본산으로 올라가십시다."

다섯 무복인은 서로 말을 주고받으며 술잔을 들었다.

임유성은 그들을 슬쩍 흘겨보았다.

'풋, 나 때문에 화산파로 가는 자들인가 본데.'

임유성은 피식 웃었다.

'형님의 사문? 개소리하고 있네. 내가 잊을 것 같아, 그개 엿 같은 육미자라는 늙은 여우를. 빠드득.'

임유성은 이를 갈며 머릿속으로 육미자를 떠올렸다.

지난날 무림맹 형법전 뇌옥에 갇힌 장손벽하를 구출하라 말하고서는 함정으로 유인한 자.

그 때문에 당시 임유성 일행이 강호공적이 되어 무림인들에게 쫓겼다.

'절대 가만 놔두지 않는다. 아예 이참에 화산파를 죄다 쓸어 버리겠어.'

임유성은 화산파에 대한 강한 적개심을 품었다.

그때, 삼층으로 올라오는 계단에서 발걸음 소리와 함께 다수의 목소리가 들렸다. 아마도 사람들이 올라오는 것 같았다.

"헤헤. 오랜만에 오셨습니다, 도사님."

"허허, 그런가? 여전히 화음제일루는 번성하는구먼."

"그게 다 화산파 도사님들 덕분이 아니겠습니까?"

"껄껄, 그런가?"

임유성은 삼층으로 올라오는 계단을 보았다. 시야에 화복 중년인이 한 노도사와 두 명의 도사를 안내하는 모습이 보였다.

화복 중년인은 앞서 걸으며 주위를 빠르게 돌아보았다.

임유성은 노도사를 보고는 순간 짙은 살광을 번뜩였다.

츠읏.

우측 끄트머리에 자리한 탁자에서 다섯 무복인이 자리에서 일어났다.

그들은 계단으로 뛰어갔다.

타다닥.

노도사는 뛰어오는 다섯 무복인을 보고는 픽 실소했다.

다섯 무복인은 노도사에게 이르러 고개를 공손하게 숙였다.

"사백께 인사 올리옵니다."

"그간 별래무양하셨습니까?"

노도사 육미자는 반가운 목소리로 말했다.

"너희들이 여기는 웬일이냐? 본산에 일이 있는 것이냐?"

다섯 무복인은 고개를 들며 빠르게 그들이 온 이유를 설명했다.

육미자는 너털웃음을 터뜨렸다.

"껄껄껄, 우리 화산이 그리 만만한 곳은 아니니라. 하나 본산을 생각하는 너희들의 마음이 실로 기쁘기 한량없구나."

육미자의 칭찬에 다섯 무복인은 한껏 들떴다.

화복 중년인, 화음제일루의 주인 손홍보는 임유성이 앉은 탁자로 걸어갔다. 주위를 아무리 둘러보아도 적당한 자리가 눈에 띠지 않았다.

그는 임유성의 앉은 탁자에 이르러 정중하게 말했다.

"손님, 저는 이곳의 주인인 손홍보라 합니다. 손님이 앉은 탁자가 넓어 그러니 잠시 자리를 옮겨주시지요. 그 보답으로 음식값은 받지 않겠습니다."

임유성은 언성을 높였다.

"가만히 앉아 음식을 먹는 손님에게 자리를 비키라? 그래. 주위를 한 번 둘러보시오, 주인장. 내가 자리를 옮길 만한 곳이 있소?"

손홍보는 주춤거리더니 재빨리 임유성에게 고개를 숙였다.

"죄송합니다, 손님. 그럼 다른 분과 합석을 좀……."

임유성은 기가 차다는 듯 말했다.

"허, 아예 대놓고 손님을 뭐같이 취급하는 것이오, 주인장?"

임유성은 목소리는 높았다. 자연 삼층에 있는 이들이 임유성과 손흥보를 쳐다보게 되었다.

육미자는 들려오는 말소리에 고개를 돌렸다. 그의 눈에 보이는 임유성은 옆으로 돌아앉아 있었다.

그 탓에 육미자의 눈에는 임유성의 좌반신밖에 보이지 않았다. 더욱이 손흥보가 등을 돌리고 서 있어 임유성의 모습이 잘 보이지 않았다. 보았다면 과거 본 적이 있는 임유성의 모습에 대경하였을 것인데.

손흥보는 당황했다.

분명 잘못된 일임을 그 또한 안다. 하지만 방법이 없다. 모시고자 하는 이가 화산파 장로인 육미자였다.

손흥보는 재차 정중하게 부탁했다.

"손님, 손님의 말씀이 맞는 것을 압니다. 그럼에도 불구하고 저는 손님께 자리를 양보해 달라 청할 수밖에 없습니다. 지금 손님께서 앉아 계시는 자리에 화산파 장로님을 모셔야 하기 때문입니다. 불쾌하고 기분 나쁘실 것을 아오나, 부디 자리를 양보해 주십시오. 이 무례에 대한 대가는 이 사람이 책임지고 치르겠습니다."

임유성은 움찔했다.

의외로 손흥보는 솔직하고 정직하게 말했다. 또한 정중한 목소리로 그가 처한 형편을 알렸다.

'이 사람도 어쩔 수 없겠지. 화음현에서 장사를 하는 처지에 화산파의 눈 밖에 나기라도 하면 장사는 다 한 것이나 마찬가지일 테니.'

임유성은 다소 마음이 누그러졌다.

그는 천천히 자리에서 일어나려고 했다. 주인인 손홍보의 말에 마음이 움직였다.

한데 그때, 화산 속가인 다섯 무복인이 소리치며 탁자로 달려왔다.

"네 이놈!"

"어서 자리를 비키지 못할까?"

"감히 우리 화산파 장로님께서……."

"냉큼 일어나라!"

임유성은 자리에서 일어나며 돌아섰다.

그 순간, 육미자는 대경실색했다.

"헉!"

안색이 급변했다. 지난날 양우진과 함께 보았던 낭인이다.

하지만 육미자는 빠르게 안색을 되찾았다.

순간 놀라기는 하였으나 그리 오래 지속되지는 않았다. 그가 아는 임유성은 낭인이다.

육미자에게 아무런 위협도 되지 않는 존재인 것이다. 다만 께름칙하다면 그가 한 짓을 임유성이 알고 있다는 것 정도뿐.

육미자는 여유로운 목소리로 말했다.

"허. 어찌 강호의 공적이 버젓이 돌아다닌단 말인가? 무엇들 하는 겐가. 저자는 강호의 공적이네. 당장 추포하게."

육미자는 뻔뻔스럽게도 임유성을 공적으로 몰아 붙잡으라 말했다.

행여나 임유성이 도망이라도 치면 큰일이다. 엉뚱한 곳에 가서 그가 한 짓을 나팔을 불고 다니면 곤란한 것이다. 차라리 화산으로 끌고 가 적당히 손을 쓰는 것이 좋다.

다섯 무복인은 기세등등했다. 그들은 돌아서는 임유성을 향해 호기 어린 목소리로 소리쳤다.

"이놈, 강호 공적이었구나!"

"잘 걸렸다. 그러니 감히 장로님께 오만불손하게 굴지."

"뭐 하는가, 당장 잡지 않고서!"

다섯 무복인은 임유성에게 천천히 접근했다. 그런 그들의 눈에 임유성이 왼손에 쥔 패도가 보였다.

임유성은 놀라 어리둥절해 있는 손흥보에게 차분한 목소리로 말했다.

"옆으로 비켜서시오."

손흥보는 급히 옆으로 물러났다.

삼층에 있던 이들이 저마다 눈빛을 반짝이며 지켜보았다. 그들 중 강호인이 아닌 자들은 황급히 자리를 피했다. 그들 외의 강호인들은 임유성과 다섯 무복인을 쳐다보았다.

다섯 무복인은 임유성을 둥글게 에워쌌다.

"당장 손에 든 패도를 내려놓아라!"

"도를 내려놓고 투항을 한다면 목숨만은 살려 주겠다!"

"어서 패도를 내려 놓……."

다섯 무복인 중 몇이 말을 하다가 멈추었다.

한순간이었다.

패도가 도집을 빠져나오면서 검광이 번쩍였다. 이어 예리하고 섬뜩한 도세가 뻗었다.

스파아앗.

도세는 단숨에 다섯 무복인의 가슴을 그었다.

다섯 무복인은 누가 먼저라고 할 것 없이 비명을 질렀다.

"끄아아악!"

"으악!"

그들의 가슴에서 붉은 선혈이 튀었다.

다섯 무복인은 비틀거리더니 곧 바닥으로 쓰러졌다.

쿵, 쿠웅.

육미자는 그 광경에 깜짝 놀랐다.

임유성이 시전한 도세를 전혀 보지 못했다. 패도가 도집에서 빠져나와 드리우는 도로(刀路)는 쾌속하기 그지없었다.

강호인들은 놀라 두 눈을 휘둥그레 떴다.

"바, 봤어?"

"아니. 못 봤어."

"빨라. 그렇지?"

"그래. 너무 빨라."

강호인들은 임유성을 보며 호기심의 얼굴빛을 띠었다.

임유성은 육미자를 쳐다보았다.

"이런 말이 있지, 원수는 외나무다리에서 만난다는."

육미자는 대노했다.

"감히 낭인 놈이!"

그는 고개를 돌리며 일갈했다.

"뭣들 하고 있느냐? 당장 저놈의 목을 베어라! 무림맹에서 강호공적으로 공표한 놈이니 죽여도 무방하다!"

그에 육미자의 뒤편에 서 있던 두 도사가 대답했다.

"예."

두 도사는 검을 뽑아 들며 임유성을 향해 신형을 날렸다.

임유성은 두 도사가 다가오는 것을 보고는 마주 뛰쳐나갔다.

순식간에 거리가 줄어들었다.

"죽어라!"

"놈!"

두 도사는 임유성을 향해 각자의 검을 뻗었다.

쉬, 쉬익.

부드러운 검세가 일었다. 검세는 임유성에게 짓쳐 들며 그를 휘감았다.

임유성은 눈빛을 반짝이며 패도를 올려쳤다.

슈악.

패도는 도세를 뿌리며 검세를 갈랐다.

스아앙.

두 도사는 당황했다.

그들이 시전한 검세가 도세에 베였다. 가위로 비단을 자르는 것 같았다.

두 도사는 황급히 손목을 회전했다.

그들의 검은 튕겼다가 낙하하며 임유성을 향했다. 침으로 찌르는 듯한 검초였다.

강호인들 중 누군가가 소리쳤다.

"화산파의 금침십삼검(金針十三劍)이다!"

그 목소리에 다른 강호인이 맞장구를 쳤다.

"맞아. 상대를 침으로 찔러가는 것처럼 날카로운 검세를 뿌리는 것은 금침십삼검밖에 없지."

임유성은 히죽 웃었다.

그는 두 검초를 보고는 일갈했다.

"날카롭다면 이건 어떨까!"

임유성은 패도를 내밀었다.

패도는 나아가며 주변으로 장중한 도세를 퍼뜨렸다. 묵직했다. 무거운 것이 서서히 이동하는 듯 느렸다.

스스슷.

도세가 앞으로 나아가자 두 검초가 주춤거렸다. 두 검초는 도세에 가로막혀 뻗지 못했다.

도세는 두 검초를 밀어붙이며 짓눌렀다. 두 검초는 도세가 주는 힘을 견딜 수 없다는 듯 사라지기 시작했다.

꽈, 꽈앙!

두 도사는 충격에 휘청거리며 뒷걸음질을 쳤다.

임유성은 그들을 향해 패도를 휘둘렀다.

패도는 짐승이 울부짖는 듯한 파공음을 흘리며 섬뜩한 도광을 번득였다.

강렬한 도세가 두 도사에게 덮쳤다.

두 도사는 일순 외마디를 삼켰다.

"헉!"

두 도사는 급히 각자의 검을 들어 도세를 막아갔다. 하나 그들이 검을 휘두르는 것보다 도세가 빨랐다.

"으아악!"

"크악!"

두 도사의 상체가 비스듬히 베였다. 그들은 비틀거리더니 바닥으로 엎어졌다.

임유성은 패도를 오른쪽으로 휘둘렀다.

패액.

매우 도발적인 모습이었다.

임유성은 놀란 표정을 지으며 당황하는 육미자에게 말했다.

"무에 그리 놀라시오, 육미자. 이제 당신 차례인데."

임유성에게서 서릿발 같은 살기가 일었다.

강호인들은 몸을 가늘게 떨었다.

"대, 대체?"

"이게 다 어떻게 돌아가는 상황이야?"

임유성의 무공도 무공이지만, 그가 내뱉는 말과 살기가 오싹하기 짝이 없었다.

으스스한 한기가 느껴졌다.

육미자는 임유성을 쳐다보았다.

이제 갓 스물 초반쯤 되어 보였다. 한데 무공이 고강했다. 그가 데리고 다니는 화산파의 매화검수 둘을 단숨에 죽였다.

육미자는 임유성을 향해 노성을 질렀다.

"이 공적 놈이!"

육미자는 재빨리 검을 뽑았다. 그는 임유성이 자신보다는 하수라고 생각했다.

휘익.

육미자는 바닥을 차며 임유성에게 쇄도했다. 그의 검이 공간을 가로지르며 임유성을 향했다.

임유성은 의아한 표정을 지었다.

나름 대비하고 있었다. 그런데 눈에 들어오는 육미자의 검이 의외로 느렸다. 강호를 돌아다니며 본 검 중 가장 느렸다.

몇몇 강호인들은 놀라 소리쳤다.

"매화검법(梅花劍法)이다!"

"맙소사!"

"진짜?"

강호인들은 두 눈동자를 휘둥그레 떴다. 좀처럼 볼 수 없는 화산의 검이기 때문이다.

육미자의 검은 매화 꽃잎을 그려갔다.

둥근 중앙부의 꽃망울.

꽃망울 주위를 빙 두르며 굴곡을 이루는, 작고 앙증맞으며 동그란 다섯 잎들.

그 형상에 정신을 빼앗겼다간 그 즉시 절명하고 만다. 치명적인 독초와 같은 꽃잎이 매화검법의 전형적인 특징이다.

매화 꽃잎 형상의 검세가 짓쳐 들었다.

쉐에에엑.

매화 꽃잎은 모두 세 송이였는데, 일시에 임유성을 덮쳤다.

임유성은 눈매를 번쩍이며 패도의 도병을 꽉 쥐었다.

의외이긴 하다. 그러나 화산파의 매화검법으로 천마 목영경이 남긴 절대지력을 감당할 수는 없다.

임유성은 패도를 머리 위로 들어 올렸다. 도신이 미세하게 흔들렸다.

우우우웅.

귀곡성 같은 소리가 울렸다.

임유성은 패도를 내려쳤다.

번―쩍.

눈부신 도광이 작렬했다.

도광은 한순간 객잔 삼층 전체를 집어삼키며 모든 이들의 시야를 앗아갔다.

사방에서 당황하는 외침들이 난무했다.

"아악!"

"힉!"

"앞이……."

그들은 본능에 따른 행동을 취했다.

눈이 따가울 정도로 부신 빛에 두 눈동자를 질끈 감았다. 그러며 급히 두 손을 들어 눈을 가렸다.

개중에는 내공을 운공하여 두 눈동자로 흘리는 이도 있었다. 그렇게 함으로써 임유성과 육미자를 시야에 두려 했다.

매화 송이들이 부서졌다.

꽝! 꽝! 꽝!

매화 송이들은 형체를 잃고 대기로 스며들 듯 사라졌다.

"크흑."

육미자는 신음을 흘리며 비틀거렸다.

검병을 잡은 오른 손바닥이 찢어지며 지독한 고통이 일었다. 오른손에서 붉은 진홍빛 핏방울이 점점이 바닥으로 떨어졌다.

또, 똑.

육미자의 손목이 부들부들 경련했다.

충격이 주는 반발력이 쏟아져 경맥과 기경이 진탕되었다. 놀라 날뛰며 난동을 피우는 야생마 같았다.

앞이 한순간 아찔했다.

몸이 얼어붙은 듯 움직일 수가 없었다. 아무 생각도 머리에 떠오르지 않았다.

아주 짧은 순간,

세상과 육미자는 잠시 단절되었다.

임유성은 어깨를 미미하게 흔들었다.

탓.

쉬이이잇.

임유성은 육미자와의 거리를 한 번의 발돋움으로 없앴다. 그는 육미자의 가슴으로 파고들었다.

육미자는 움칫했다.

귀에 들리는 파공음에 정신이 번쩍 들었다. 적인 임유성이 자신에게 다가오고 있다.

'위험해!'

육미자는 깨달았다.

자신이 임유성보다 하수라는 것을.

그는 황급히 검을 들어 재차 매화검법을 시전했다.

검은 조금 전과는 달랐다. 느리지 않았다. 매우 쾌속했다. 쾌도난마라는 말이 연상될 검속이다.

이십사수 매화검법이었다.

본래의 매화검법에 쾌와 실전, 그리고 내공을 중시하는 묘용이 추가된 검이다.

육미자는 한 송이 매화꽃을 그려 갔다. 하지만 그는 미처

다 그리지 못했다.

따, 땅!

짓쳐든 패도가 검로를 중간에서 끊었다. 그러고는 팔방을 차단하며 육미자를 엄습했다.

쉬쉬쉬쉭.

육미자의 상체를 패도가 뿌리는 도기가 종횡으로 훑었다.

"끄아아악!"

차가운 쇠붙이가 살갗을 파고들었다. 가슴에서 절로 진저리가 쳐지는 고통이 일어나 전신으로 치달았다.

베어진 상체에서 붉은 선혈이 사방으로 튀었다.

육미자는 중심을 잃고 비틀거렸다.

임유성은 비릿한 조소를 머금고 패도를 돌려 쳤다.

휘잇.

패도는 육미자의 좌측어깨에서 우측 옆구리까지 긴 도흔을 남겼다.

살갗은 베어져 벌어지고 붉은 진홍색 선혈이 콸콸 흘렀다.

"크아악!"

육미자는 바닥에 두 무릎을 꿇었다. 그의 손에서 검이 떨어졌다.

쨍그랑.

육미자는 학질에 걸린 병자인 양 온몸을 경련했다.

덜덜.

눈동자가 빠르게 풀어지며 몽롱하게 변해 갔다. 몸에서 힘이 빠르게 사라지며 사지가 늘어졌다.

척.

임유성은 패도의 도첨을 육미자의 목에 갖다 댔다.

"우진 형님은 그래도 당신을 믿었어. 자신이 화산 속가라는 것에 긍지를 느꼈지. 한데 네놈은 그런 형님을 속이고 이용해 함정으로 몰아넣었다. 네놈에게 형님이 과연 사질로 보였을지는 의문이지만, 이것 하나만은 분명히 말하겠다. 네놈을 죽이는 것은 내가 아니다. 우진 형님이다. 양우진, 그 형님이 내 손을 빌어 널 죽이는 것이다."

도광이 번쩍이며 육미자의 목을 스쳤다.

"끄르륵."

육미자의 상체가 앞으로 숙여지며 그대로 바닥에 엎어졌다.

"……"

순간, 무거운 정적이 화음제일루 삼층을 가득 메웠다. 다들 쥐 죽은 듯이 입을 다물고는 임유성을 쳐다보았다.

스물 초반으로 보이는 나이에 화산파의 장로를 죽였다. 화산파라 하면 자하신공과 함께 머리에 떠오르는 매화검법을 꺾었다.

강호인들은 멍하니 임유성을 바라보았다. 그들 중 한 사람의 눈에 임유성의 패도가 들어왔다.

그는 패도를 보는 순간 머리에 떠오른 상념에 기겁했다.

"패…… 패왕!"

죽립만 더해진다면 임유성의 모습은 소림을 홀로 봉문시킨 경이로운 존재와 똑같았다.

한 사내가 내뱉은 말은 사람들을 충격으로 몰아넣었다.

"세상에! 이번에는 화산파라는 건가?"

"꿀꺽."

"어떻게 저렇게 젊은 나이에…… ."

"화산파가 저자를 감당할 수 있을까?"

사람들은 임유성을 보며 대경한 눈빛을 띠었다.

임유성은 천천히 패검을 도집에 집어넣었다. 그는 손흥보를 흘겨보며 나직한 목소리로 말했다.

"당신의 정직함이 목숨을 살렸소."

손흥보는 일순간 다리에서 힘이 풀려 바닥에 주저앉았다.

털퍼덕.

그는 넋 나간 목소리로 중얼거렸다.

"내가 주, 죽다 살아났구나."

손흥보의 안색이 하얗게 급변했다. 아연실색이라는 말이 절로 떠오를 만한 모습이다.

임유성은 계단으로 돌아서 천천히 걸음을 떼었다.

저벅저벅.

계단을 향한 발걸음 소리가 객잔 안을 낭랑하게 울렸다.

화산(華山).

달리 서악이라 불리는 명산이다. 섬서성 화음현 남쪽에 위치한 화산은 남쪽으로는 진령과 북쪽으로는 황하를 끼고 있다.

멀리서 보면 화산은 한 송이 꽃과 그 생김새가 비슷하다.

옛 사람들이 화산의 지세가 험준을 일컬어 '화산으로 오르는 길은 하나다' 라고 했다. 그만큼 화산의 지형은 험악했다.

임유성은 화산파의 산문을 향해 다가갔다.

시야에 산문을 지키는 네 명의 젊은 도사가 서 있는 것이 보였다. 얼핏 보아서는 임유성과 연배가 비슷해 보였다.

화산파 풍 자 배의 네 도사.

풍원, 풍월, 풍정, 풍목.

그들은 의혹의 눈빛을 띠었다.

홀로 왼손에 패도를 들고 산문으로 걸어오는 젊은 무사 임유성.

네 사람은 고개를 갸웃거렸다.

"누구지?"

"입은 옷이 그냥 무복인데."

"일반 강호인이 우리 화산파에 찾아온 적은 근래에 없었는데."

"체, 또 어느 또라이 같은 놈이 비무를 청하러 오는 거겠지. 척 보아하니 강호 초출 같은데 뭐."

네 도사는 임유성이 가까이 다가오자 소리쳤다.

"멈추시오!"

"예는 화산파의 산문이오!"

네 도사는 우렁찬 목소리로 임유성에게 말했다. 하나 그들이 본 것은 번쩍이는 섬광과 짓쳐드는 도세뿐이었다.

쑤아아아앙.

도세는 눈 깜짝할 사이에 산문에 서 있는 네 도사를 직격했다.

꽈아앙!

네 도사는 사방으로 튕겼다.

"으아악!"

"크악!"

그들은 주변 땅바닥으로 내동댕이쳐졌다.

쿠당탕!

임유성은 패도를 들어 약 삼 장 어림 떨어져 있는 산문을 향해 내밀었다.

쿠아아아아!

도력(刀力)이 힘차게 쏘아졌다.

콰아아앙!

누대에 걸쳐 화산파를 상징하며 굳건히 자리한 산문이 부서졌다.

파편이 팔방으로 날아가며 짙은 흙먼지가 일었다.

네 도사는 신음을 흘리며 고개를 들어 그 광경을 바라보 았다.

"으으……."

"허엇!"

그들은 경악했다.

고통 따윈 사라졌다. 눈앞에서 수백여 년을 이어 온 사문 의 상징이 한순간 무너졌다.

네 도사는 망연자실했다.

그들의 눈에 임유성이 부서진 산문으로 성큼성큼 걸어가 는 모습이 보였다.

네 도사는 급히 바닥에서 일어나려고 했다.

"멈추……."

"크흑."

하지만 일어서지 못했다. 그들은 다시금 풀썩 바닥으로 쓰러졌다.

내상을 입어 운신이 자유롭지 못했다.

네 도사는 멍하니 임유성의 뒷모습만 바라봐야 했다. 그 들의 시야에서 서서히 임유성이 사라졌다.

문제는 산문을 부순 놈을 어쩌지 못한 그들 자신에게 있 었다. 사문의 어른들이 산문이 부서진 것을 알면 필시 가만 있지 않을 것이다.

모르긴 해도 네 도사를 잡아먹으려고 달려들 것이다.

네 도사는 두려움에 부르르 떨었다.

❖　　　❖　　　❖

화산파의 산문을 지나면 연화봉으로 이어진 길이 나온다.

산길은 비교적 잘 닦여 있었다.

화산파를 드나드는 도교의 신도와 도사들을 배려한 듯 보였다.

길을 올라가다 보면 매 중간마다 옆에 비껴선 듯이 위치한 서너 개의 도관이 있었다.

산문에서 화산파가 있는 연화봉 정상까지 이어진 도관들은 말없이 화산파의 위용을 드러냈다.

"으아악!"

"막아!"

"캐액!"

다수의 고함과 비명이 어우러졌다. 그 탓에 주변을 매우 요란뻑적지근했다.

손에 검을 든 다수의 도사가 임유성을 에워쌌다. 어림잡아 수십여 명에 이르렀다.

임유성은 눈매를 반짝이며 여유롭게 화산파의 도사들을 상대했다.

패도로 도사들의 몸을 갈랐다.

공간을 종횡으로, 사선으로 베었다.

그때마다 도광이 번득였다.

번쩍번쩍.

잠시 잇따라 나타났다가 사라지는 번쩍임.

도사들은 피를 뿌리며 쓰러져 갔다.

그들이 내지르는 비명이 장내에 가득 차고 땅바닥은 그들이 흘린 피로 붉게 물들었다.

임유성은 도사들을 떨쳐 내며 서둘러 올라가려 하지 않았다.

그는 화산파에 속한 이들을 죄다 죽이는 것이 목적인 듯, 패도를 휘두름에 있어 일말의 정을 남겨 두지 않았다. 비정하고 단호한 손속으로 패도를 쳐 냈다.

패도는 도세를 일으켰고, 도세는 사위로 뻗쳤다.

도사들은 변변한 저항조차 해 보지 못했다. 허무할 정도로 무력하게 당하며 쓰러져 갈 뿐이었다.

꽈앙!

폭음이 울리며 땅거죽이 치솟았다. 인근에서 움직이던 도사들이 충격에 날아갔다.

"크아악!"

"끄악!"

그들은 땅에 떨어지며 바닥을 뒹굴었다.

임유성의 무복은 선혈로 붉게 변했다. 그는 선홍빛 핏방울이 도신을 타고 흐르는 패도를 늘어뜨렸다.

또똑.

도첨에 맺힌 핏방울이 점점이 땅에 떨어졌다.

임유성은 쓰러져 있는 도사들을 향해 낭랑하게 말했다.

"내 앞을 가로막는 자는 죽는다."

간결한 목소리였다.

목소리에 어린 각오와 살의는 듣는 이로 하여금 진저리를 치게 했다. 동문들이 피를 뿌리며 죽어간 상황에서는 더했다.

"끄으으……."

도사들은 신음을 흘리며 일어나려 안간힘을 썼다.

그들은 두 손으로 땅을 짚으며 상체를 세웠다. 그리고 필사적으로 몸을 바로하려고 했다. 하지만 적잖은 타격을 받은 터라 몸이 뜻대로 되지 않았다.

몇몇 도사는 맥없이 다시 땅에 주저앉았다.

털퍼덕.

화산파의 도사들은 분노와 살기가 넘실거리는 눈으로 임유성을 죽일 듯 노려보았다.

"감히 우리 화산파에 쳐들어와 사람들을 죽이다니!"

"이 악적!"

임유성은 태연자약했다.

"내 앞을 막지 말라고 말했다. 막는 자는 죽는다."

거친 풍랑이 이는 듯한 살기가 일어나 일렁거렸다. 살기는 장내로 퍼져 나가며 도사들을 짓눌렀다.

도사들은 겁에 질린 표정을 지으며 가늘게 떨었다.

임유성이 흘리는 살기에 자신들이 속박당하며 오싹한 전

율이 일었다.

두렵기 그지없었다.

'막으면 진짜 다 죽일 작정이다.'

'이런 살기라니. 대체 우리 화산과 무슨 원한이 있다고.'

화산파 도사들은 불안하기 짝이 없는 시선으로 임유성을
주시했다.

임유성은 천천히 걸음을 디뎠다.

한 발, 또 한 발.

저벅저벅.

그는 왼쪽으로 돌았다. 시야에 연화봉 정상에 있는 화산
파의 상궁으로 이어진 길이 보였다.

상궁(上宮)은 화산파의 근원인 동시에 당대 화산 장문인
육양자가 장로들과 함께 대소사를 보는 중지다.

하지만 화산파 도사들은 멍하니 바라봐야만 했다.

임유성이 사방으로 줄기줄기 흘리는 살기에 싸울 엄두가
나지 않았다.

화산파 도사들의 귀에 임유성이 걸어가는 나지막한 소리
가 들렸다.

그들은 허탈한 눈으로 사라져 가는 임유성을 보았다.

화산파에 위기가 닥쳤다.

잠시 후, 연화봉의 허공으로 다급한 북소리가 울려 퍼졌
다.

두두두두둥.

북소리는 화산파에 적이 내습했음을 알렸다.

"뭐야?"

"무슨 일로?"

각 전각에서 도사들이 뛰쳐나왔다. 길을 걷던 도사들은 걸음을 멈추고 고개를 들어 북소리에 귀를 기울였다.

상청에 있는 화산파 도사들은 이해할 수 없다는 의아한 표정을 지었다.

그들은 영문을 몰라 어리둥절해하며 주위를 둘러보았다. 사방에서 손에 검을 든 이들이 내달렸다.

타다닥.

그들이 내지르는 외침에 주위가 떠들썩했다.

"적이 침입했다!"

"무공을 아는 자들은 모두 검을 들고 상궁으로 이어진 길을 막아라!"

"무공을 모르는 이들은 각기 거처로 돌아가라! 별도의 명이 있을 때까지 밖으로 나오지 마라!"

화산파 도사들 중 무공을 익히지 않은 순수한 도가의 도사들은 당혹스러워하며 급히 각자의 거처로 뛰었다.

화산파는 순식간에 혼란에 휩싸였다.

쳐들어온 적이 얼마나 되는지, 누가 쳐들어왔는지 알 수 없었다. 하지만 분명한 것은 화산파에 위협이 닥쳤다는 것이다.

다급한 북소리로 적이 내습한 것을 알릴 정도로 말이다.

상궁에서 얼마 떨어지지 않은 중턱에 위치한 전각, 매화검전(梅花劍殿).

일단의 도사들이 송문검을 들고 우르르 밖으로 몰려나왔다.

우당탕탕!

그들은 다급하게 경공을 펼쳤다. 그리고는 상청으로 올라오는 길을 향해 나아갔다.

휘, 휘, 휘익.

도사들은 옷소매에는 수려한 매화 문양이 수놓아져 있었다.

화산파 최정예 제자인 매화검수들이었다. 그 수는 약 삼십여 명에 달했다.

2장

　화산파의 중턱, 화산파 제자들이 지르는 비명이 메아리쳤다.

　"끄아악!"

　"으악!"

　도세(刀勢)가 종횡으로 장내를 누비며 화산파의 제자들을 도륙했다. 인정사정이 없었고, 일말의 자비도 없는, 가차없는 살수였다.

　화산파의 제자들은 죽어가며 팔방으로 선혈을 흩뿌렸다. 수급이 공중으로 치솟았다가 땅에 떨어졌다. 분수처럼 치솟는 붉은 선홍빛의 핏줄기들이 섬뜩하기 그지없었다.

　화산파 제자들은 겁에 질린 얼굴로 마구 소리쳤다.

　"막아!"

"죽여!"

"단 한 놈이잖아!"

"도대체 뭐 하는 거야!"

화산파 도사들은 죽음의 손길을 임유성에게 뻗으며 노골적인 살의를 드러냈다.

하나 그 누구도 임유성의 패도를 받아 내지 못했다. 일방적인 도살이 계속 이어졌다.

"우아악!"

"끄어억!"

임유성은 묵묵히 오른손에 든 패도를 휘둘렀다. 패검이 대기를 가르며 도초가 전역(戰域)을 뒤덮었다.

화산파의 제자들은 맥없이 쓰러져 갔다.

임유성은 짜증스러웠다.

일초지적도 되지 못하는 화산파의 제자들이 계속 발걸음을 붙잡고 늘어졌다.

임유성은 입을 크게 벌리며 일갈했다.

"비켜라! 내 앞을 가로막지 말란 말이다!"

웅혼한 무형의 기세가 일어났다.

화아아아악.

기세는 임유성의 살기와 더불어 장내로 퍼져 나갔다.

화산파 제자들은 당황했다.

느낄 수 있었다. 임유성은 자신들의 상대가 아니라는 것을.

임유성은 잠시 패도를 휘두르는 것을 멈췄다.

무의미하고 불필요한 살생이었다.

상대도 안 되는 자를 왜 죽여야 할까.

자신이 무슨 죽음의 사자라도 된단 말인가.

화산파를 없앨 생각은 전혀 없었다. 그가 원하는 것은 몇 명의 죽음과 화산파의 삼십 년 봉문일 뿐. 다른 것은 바라는 바가 없다.

임유성의 일갈이 터졌다.

"나를 막는 자, 죽음만이 있을 뿐이다!"

화산파 도사들은 성난 호랑이가 포효하는 것을 듣고 보았다.

노호(怒虎)였다. 앞을 가로막으면 성난 송곳니에 물어 뜯겨 죽을 것이다.

주변이 차갑게 얼어붙었다. 지독한 한기와 살의가 넘실거렸다.

얼마 후, 화산파의 중지인 상궁 입구로 이어진 돌계단에 일단의 도사들이 서 있었다.

그들 앞에는 세 명의 노도사가 허허로운 자세로 서서 무심히 밑을 내려다보는 중이었다.

당대 화산파를 이끄는 육 자 배.

세 노도사 뒤편으로는 스무 명 남짓한 중년과 장년의 도사들이 있었다.

화산파 각 전각을 책임진 수뇌들이다.

계단애서 멀찍이 떨어진 곳에서 삼십여 명의 매화검수가 악적과 접전 중이었다.

"주위로 흩어져라!"

"끄악!"

"양의추월검진을 펼쳐!"

"비켜라!"

"아악!"

서너 명의 매화검수가 피를 흘리며 다리를 절뚝였다.

세 노도사 중 중앙에 서 있는 이가 그 광경에 눈살을 찌푸렸다.

"매화검수들이 밀리다니."

화산 장문인 육양자는 화가 난 표정을 지었다.

그의 양쪽에 서 있는 두 노도사, 화산 장로 육오자와 육음자는 곤혹스러운 표정을 지었다.

"장문 사형, 고정하십시오."

"상대가 다소 강하⋯⋯."

육음자는 말을 하던 것을 멈추었다. 그의 눈에 임유성이 삼십여 명의 매화검수를 밀어붙이며 가까이 다가오는 광경이 보였다.

불어오는 바람에 무복 자락을 파라락 휘날렸다. 필경 화산 제자들의 피로 보이는 붉은 혈흔들이 가득했다. 오른팔에 쥔 패도는 이미 피에 젖을 대로 젖은 상태였다.

바닥으로 점점이 붉은 핏방울을 떨어졌다.

육양자는 놀란 듯 두 눈동자를 부릅떴다.

"허……."

육양자는 화산파를 피로 물들인 존재가 다수가 아니라는 것에 충격을 받았다.

육오자와 육음자는 임유성을 보며 대경했다. 두 사람의 뒤에 있는 도사들이 웅성거렸다.

"이게 도대체 있을 수 있는 일인가?"

"우리 화산파에 외인이 쳐들어와 문하 제자들을 살육한 것도 놀랍거늘……."

"단신이라니."

육오자와 육음자는 재빨리 고개를 뒤돌렸다. 그들은 성난 눈빛을 띠며 낮은 목소리로 말했다.

"조용히 해라."

"장문인께서 계신 자리이니라."

육양자는 천천히 계단으로 다가오는 임유성을 향해 일갈했다.

"멈춰라!"

그의 일갈은 화산파 전역으로 퍼져 나가며 메아리쳤다.

매화검수들은 분분히 주변으로 흩어지며 임유성을 에워쌌다.

그들은 임유성을 정면에 두고 반월의 형태를 그렸다. 화산파의 양의추월검진이었다.

임유성은 계단을 마주 보며 섰다. 그는 계단 상부에 서 있는 육양자를 쳐다보았다.

육양자는 임유성의 시선을 마주 보며 고성을 내뱉었다:

"그대는 누구이기에 우리 화산파에 쳐들어와 무고한 제자들을 살생하는 것인가?"

육양자의 목소리에는 노기가 그득했다.

임유성은 피식 웃었다.

"뉘시오?"

"나는 당대 화산을 책임진 육양자라 한다."

"하면 장문인?"

"그러하다."

그 말에 임유성은 섬뜩한 살기를 일으켰다. 그와 동시에 장내가 떠나가라 대성일갈했다.

"경혼조와 양우진이라는 분을 아시오?"

육양자는 두 눈동자를 휘둥그레 떴다.

"커헉!"

그는 대경실색한 표정을 지으며 신형을 휘청거렸다.

육오자와 육음자는 흠칫했다. 경혼조는 모르나 양우진은 아는 탓이었다.

육 자 배의 막내, 육종자의 제자이기에.

도사들이 수군댔다.

"무슨 관계지?"

"글쎄 말이야."

육오자와 육음자는 고개를 힐끗 돌려 뒤편에 서 있는 도사들을 흘겨보았다.

도사들은 움찔거리며 입을 닫았다.

두 사람의 노기 어린 눈빛은 힐책을 담고 있었다. 강한 경고였다.

임유성은 그사이 짙은 살의가 꿈틀거리는, 분노에 찬 목소리를 내뱉었다.

"내 조부님은 경혼조의 무인이셨소! 아시겠소, 장문인! 그대들이 이용하고 버린 경혼조에…… 몇 명의 생존자가 있었소. 장손벽하, 그녀만이 유일한 후손은 아니오! 아시겠소!"

육양자는 격동한 모습이었다. 그는 떨리는 목소리로 도호를 읊조렸다.

"원시천존……."

임유성은 육양자를 쳐다보며 외쳤다.

"혈채를 받아야겠소, 장문인. 화산파가 저지른 그 모든 악행의 대가를 이제 치르시오."

육양자는 휘청거리며 안타까운 목소리로 말했다.

"그, 그대가……."

"나에겐 자격이 충분하다 생각하오, 장문인. 그 위에서 두 눈 부릅뜨고 잘 지켜보시오. 화산파가 오늘 어떤 몰골이 되는지……."

임유성은 일갈하며 뛰어올랐다. 그는 양의추월검진을 펼친 매화검수들에게 나아갔다.

임유성의 우렁찬 외침이 울렸다.

"천 개의 도로서 억울한 생을 마감한 이의 넋을 위로하니, 보라, 하늘이여! 천도진혼(千刀鎭魂)!"

높이 쳐든 패도에서 빛이 폭발했다.

화아아앗.

밝고 찬란한 서기와 같았다.

빛은 다수의 도로 화하며 임유성의 주위를 감쌌다. 그러고는 와류의 흐름으로 맴돌았다.

쿠와아아아!

천도진혼의 힘에 정내가 마구 비명을 지르는 듯, 맹렬한 파공음이 메아리쳤다.

천도진혼이 양의추월검진을 펼친 매화검수들에게 사선으로 꽂혔다.

쿠아아아앙!

거대한 파도랄까?

일시에 둑이 무너지며 거센 물결이 노도와 같이 밀려온다고 할까?

극강지경에 이른 절대지력이 매화검수들을 짓밟았다.

쩌저저적.

지진이 난 듯 땅이 흔들리고 수레바퀴가 연상되는 균열이 생겨났다.

"으아아악!"

"크아악!"

매화검수들의 비명에 귀가 먹먹해질 것 같았다.

육양자는 경악했다. 한평생 단 한 번도 보지 못했던 광경
이었다.

"……."

그는 입을 쩌억 벌렸다. 너무 놀란 탓에 말이 나오지 않
았다.

육양자는 하얗게 질린 얼굴에 두 눈동자가 한껏 크게 부
릅떠졌다. 망연한 눈으로 모든 광경을 지켜봐야만 했다.

육오자와 육음자는 창졸간에 놀란 외침을 내뱉었다.

"안 돼!"

"피해라!"

그의 뒤에 서 있는 도사들은 부들부들 떨었다.

한순간, 우레가 연이어 고공을 때리는 듯한 소리가 울렸
다.

쿠— 콰아앙!

콰앙, 콰아앙!

매화검수들이 사방팔방으로 날아갔다. 양의추월검진이 무
용지물이었다.

일부 매화검수의 몸에 수많은 구멍이 생기며 선혈이 쉴

새 없이 흘러내렸다.

땅에 수십, 수백에 이르는 크고 작은 웅덩이들이 생겼다.

연화봉의 허공을 스치는, 불어오는 바람이 치솟는 먼지를 감쌌다. 바람은 먼지들을 말아 사방으로 흩어 놓았다.

처참하다.

그 말밖에 달리 표현할 말이 없었다.

바닥에는 꿰뚫리고 갈가리 찢겨 나간 시신들밖에 존재하지 않았다. 육편과 붉은 선혈, 그리고 뼛조각이 사방에 널렸다.

방금 전까지 살아 숨 쉬던 서른 명의 매화검수.

살아남은 자는 단 한 명도 없었다. 죄다 처참하게 생을 마감했다.

그 잔혹한 광경에 화산파의 수뇌부들은 망연자실했다.

육양자는 격렬하게 몸을 떨었다. 그는 홀로 서서 올려다보는 임유성을 보았다.

육오자와 육음자는 분노와 살심에 일갈했다.

"으아아악! 무도한 악적!"

"죽이리라!"

두 사람은 매화검수들의 참혹한 죽음에 이성을 잃었다. 지면을 박차며 임유성에게 신형을 날렸다.

육양자는 두 사람의 모습에 소리쳤다.

"멈추게! 자네들의 상대가 아니야!"

육양자는 알 수 있었다, 아무리 자신이라 해도 서른 명의 매화검수를 동시에 죽일 수 없음을.

임유성.

육양자가 판단하기에 당대 강호 최강이라 말해도 부족함
이 없었다.

그는 육오자와 육음자를 만류했으나, 두 사람은 듣지 않
았다.

촌음이었다.

육오자와 육음자는 임유성에게 다다랐다.

두 사람은 임유성을 향해 화산의 백팔식광풍쾌검(百八式
狂風快劍)과 탈명연환삼선검(奪命連環三仙劍)을 펼쳤다.

슈아아악— 후아아악.

광풍의 검세와 연이은 세 줄기 검초가 휘몰아쳤다.

그 모습이 마치 독아를 드러낸 뱀처럼 예리하고 사나웠
다.

검세와 검초는 아우러지며 임유성을 천참만륙해 갔다.

임유성은 패도의 도병을 꽉 움켜쥐었다.

"죽고 싶다면 얼마든지."

패도가 들어 올려지고 여덟 개의 도초가 쏘아졌다.

파파파팟.

도초는 공중을 내달리며 실을 꼬듯 얽히고설켰다.

물샐틈없이 촘촘한 도세, 그리고 육오자의 검세와 육음자
의 도초가 어우러진 힘이 격돌했다.

꾸아아아앙!

격렬한 후폭풍은 파문인 양 장내를 질주했다.

사나운 검세는 여덟 개의 도초가 이룬 하나의 도세에 찢겼다.

세 검초는 예리함을 잃고 도세에 말려 사라졌다.

임유성의 도세는 육오자와 육음자의 합공을 힘으로 뭉그러뜨렸다. 그러고도 만족할 수 없는 듯 두 사람을 엄습했다.

"으악!"

"끄아악!"

도세는 두 사람의 육신을 갈가리 갈라 놓았다.

육오자와 육음자의 몸에 적잖은 수의 도흔이 뚜렷하게 남겨졌다. 당대 화산파의 두 장로는 사지가 잘린 채 수십여 조각으로 흩어졌다.

피의 비가 내렸다.

후두두.

임유성은 오롯이 서서 핏방울을 고스란히 뒤집어썼다. 그 모습이 으스스하기 그지없었다.

지옥에서 뛰쳐나온 피에 굶주린 악귀가 따로 없었다.

육양자는 전신을 격렬하게 경련했다.

바들바들.

그는 감당할 수 없는 충격을 받았음에도 용케 이성을 잃지 않았다. 오랜 도가의 수련으로 어느 정도의 침착함을 유지했다. 하지만 그 침착함은 그리 오래가지 않았다.

눈앞에서 두 사제가 죽고 화산파의 최정예 고수라 할 수 있는 서른 명의 매화검수가 도륙당했다.

화산파의 힘이 대거 줄어든, 암담하기 짝이 없는 상황이다.

육양자는 서서히 살기를 뿜기 시작했다.

과거 화산파가 저지른 악행보다는 지금 그의 눈앞에 펼쳐진 참상에 대한 분노가 더 컸다.

육양자는 치를 떠는 목소리로 말했다.

"이놈, 어찌 사람으로서 도문의 도사들을 그리 처참하게 죽일 수가 있단 말이냐?"

떨리나 격렬한 분노가 어린 목소리였다.

임유성은 태연자약했다.

그는 냉랭한 한기를 풀풀 날리며 소름 끼치는 목소리로 대답했다.

"과거에 저지른 업이 돌아왔을 뿐이오, 장문인. 오시오. 나는 화산파에 핏값을 받고자 왔소. 아시겠소?"

"이 죽일 놈!"

육양자는 일갈하며 지면을 박찼다. 그는 공중을 날아가며 노을빛 기운을 일으켰다.

장문인만이 익힐 수 있는 화산파 비전이자 최강의 무공, 자하신공이었다.

육양자는 자하신공의 기운을 온몸에 두르고 임유성에게 쇄도했다.

임유성은 천마무적신강을 운공하며 패도로 공중을 양단해 갔다. 패도가 대기를 가르며 육양자를 향해 여덟 줄기의 도기(刀氣)를 뿌렸다.

쐐— 쐐액.

육양자는 다가오는 도기들을 향해 자하신공을 발출했다.

과아아아아!

장내가 노을빛에 덮이며 도기들을 눌러 갔다. 입을 크게 벌려 도기를 한입에 집어삼키려 했다.

자하신공과 도기들이 맞부딪쳤다.

쿠아아앙!

도기들은 자하신공에 터져 나가며 빠르게 사그라졌다. 자하신공은 도기들을 하나씩 터뜨리며 임유성을 향해 뻗어 나 갔다.

육양자는 두 눈동자를 부릅떴다. 기필코 임유성을 죽이고 야 말겠다는 필살의 각오가 엿보였다.

휘익.

임유성은 날렵하게 뒤쪽으로 신형을 날렸다. 그와 함께 패도를 사선으로 올려쳤다.

우하(右下)에서 좌상(左上)으로 이어지는 도로(刀路)는 하늘을 베고 땅을 끊는다는 참천절지(斬天切地)의 무결을 쏟아 냈다.

슈파악.

찬연한 빛이 일직선으로 공간을 스치며 육양자에게 향

했다.

쫘아아악.

자하신공의 노을빛 기운을 종잇장처럼 찢어졌다.

도도하고 힘찬 도세를 가로막을 것은 없었다. 강력한 패력이 살아 숨 쉬었다.

'허어엇!'

육양자는 경악했다.

그의 두 눈동자에 자하신공이 갈가리 찢어지며 자신을 향한 최단거리를 내주는 광경이 보였다.

입이 절로 한껏 벌어지며 다급한 고성이 터졌다.

"안 돼에에!"

육양자는 빛이 짓쳐드는 것에 몸서리가 쳐지는 고통을 느꼈다.

수많은 인두가 동시다발적으로 몸을 지져대는 것 같았다. 동시에 세상이 사라지며 눈부신 하얀빛만이 보였다.

슈가아악.

육양자의 몸이 잘려 나갔다.

하나에서 둘로, 이어 넷으로……

붉은 진홍빛 선혈들이 다수의 육편과 함께 땅으로 추락했다.

투두둑.

땅은 선혈을 있는 대로 머금어 붉은 비단을 펼쳐 놓은 듯했다.

임유성은 그 광경을 말없이 주시했다.

아직 식지 않은 살육의 흥분이 꿈틀거리며 치달렸다. 아직도 피가 모자란다는 듯 살기가 일렁거렸다.

주변이 싸늘한 냉기로 가득 차며 모골이 송연한 느낌이 장내로 퍼져 나갔다.

상청으로 오르는 계단에 서 있는 도사들.

그들은 두려움과 공포로 부들부들 떨었다. 다들 겁에 질려 주춤주춤 뒷걸음질쳤다. 그 와중에도 시선은 임유성에게 고정되었다.

임유성은 고개를 들어 그들을 올려다보았다.

순간, 꼭 죽여야 할까, 라는 상념이 뇌리를 스쳤다.

피는 볼 만큼 보았지 않느냐라는 이성이 주는 물음이었다.

임유성은 입술을 질끈 깨물었다. 서서히 깨어나며 살기를 밀어내는 이성에 마음속으로 중얼거렸다.

'이 정도로는 성에 차지 않……'

임유성은 아직이라고 이성에게 말했다. 죽어간 자들의 모습이 머릿속에서 주마등처럼 떠올랐다가 사라졌다.

'모든 것의 시작은 경혼조였다. 최소한 구파가 그들을 버리지만 않았어도 이런 살육은 결코 일어나지 않았다. 자신들의 이익을 위해 다른 이들을 짓밟은 대가는 반드시 치러야 한다. 그리고 난, 그 대가를 받아 낼 권리가 있다.'

임유성은 무차별적인 살육에 대한 정당성을 스스로에게 부여했다. 그는 고개를 들어 계단에 있는 도사들을 향해 일 갈했다.

"왜! 대체 왜 경혼조를 그렇게 했어! 당신들이 두 무릎을 꿇고 그들에게 강호를 위해 죽어 달라고 말했을 때, 그들이 과연 거절했겠어? 다들 강호를 위해 스스로를 아낌없이 던 진 사람들인데, 목숨에 연연하지 않았는데! 왜— 단 한 점 의 온정도 베풀지 않았어!"

"……."

도사들은 겁에 질린 기색으로 어리둥절해했다.

임유성이 무엇을 말하는 것인지 알지 못하기 때문이다.

그들의 귀에 임유성의 외침이 이어졌다.

"각오해! 오늘 너희 화산을 피에 잠기게 하고 모든 화산 제자를 죽여 억울하게 죽어간 그들의 원혼을 위로할 테니까! 각오하라고! 진혼의 처참한 살육과 피를!"

임유성은 광포한 살기를 내뿜었다.

죽여.
죽여 버려.

마음속에서 광분하는 살의가 소리쳤다.

막 임유성이 계단에 서 있는 도사들에게 신형을 날리려 할 때였다.

돌연 한줄기 노성이 들렸다.

"멈추어라, 살귀야!"

임유성은 멈칫하며 고개를 왼쪽으로 돌렸다.

시야에 노도사가 허공을 건너 계단으로 향하는 광경이 보였다.

행색은 추레했다.

입은 도복은 매우 오래된 듯 낡았고 턱에 드리운 백염은 제대로 다듬지 않아 거칠었다. 퀭한 두 눈동자는 안으로 움푹 들어가 몹시 초췌해 보였다.

노도사는 계단에 멈춰 서며 등에서 한 자루 고색이 창연한 송문검을 빼 들었다.

좌아앙!

육종자는 울분에 휩싸였다.

늦었다.

화산파에 울려 퍼진 북소리를 뒤늦게 제자들을 통해 들었다. 그는 황급히 도관을 나와 화산파의 중지인 상궁으로 향했다.

상궁이 가까이에 이르렀을 때, 허공에 울리는 임유성의 살기 어린 외침을 들었다.

그리고 보았다.

아래에 흩어져 있는 장문인을 비롯한 화산파 제자들의 처참한 최후를.

육종자는 임유성을 향해 대성일갈했다.

"네—이놈! 우리 화산과 대체 무슨 원한이 있어 이런 천
인공노할 짓을 저질렀느냐?"

임유성은 육종자에게 마주 일갈했다.

"누구시오?"

그때, 계단에 있던 도사들이 외쳤다.

"육종 사숙님!"

"저자가 장문인과 두 분 장로님을 죽였습니다. 크흐흑."

"저 악적이 매화검수들을…… 흐흑."

임유성은 귀에 들린 다수의 말에 흠칫했다.

'육종자라면…… 형님의 스승님?'

임유성은 양우진을 생각했다. 그의 스승이 육종자다. 머
릿속에서 양우진이 웃으며 말했던 것이 생각났다.

"사부 노친네가 날 보면 다리몽둥이를 뚝 분질러 놓으려
고 할걸? 크크큭."

말을 할 때마다 사부에 대한 정이 느껴지던 양우진이었
다.

"죽음으로 네가 저지른 죄를 참회해라!"

육종자는 눈부신 경공으로 맹진해 오며 검을 휘둘렀다.

쉬이이이.

임유성은 날렵하게 뒤로 물러나 거리를 벌렸다.

육종자는 임유성을 따라잡으려고 했다. 그는 왼발로 땅을

밟으며 체중을 실었다. 그러고는 몸과 검을 힘껏 임유성을 향해 내밀었다.

신검합일의 기수식이었다.

임유성은 급히 왼손을 뻗으며 일갈했다.

"잠—깐!"

"……"

육종자는 멈칫했다. 그의 귀에 임유성의 외침이 들렸다.

"잠시만 멈추십시오, 육종자 어르신."

육종자는 살기를 일으키며 언성을 높였다.

"무슨 말이 필요하더냐, 이 살귀야!"

"양우진, 그분이 제 의형이 되십니다."

"뭐?"

육종자는 어안이 벙벙한 표정을 지었다. 어처구니가 없다. 제자의 의제라니.

"네놈이 우진이의 의제라고."

"그렇습니다."

"네 이놈, 네놈이 우진이의 이름을 팔아 살길을 도모하고자 함이더냐? 내 반드시 네놈을 죽일 것이니라!"

육종자는 임유성이 양우진의 이름을 판다고 생각했다.

임유성은 급히 양우진에 관한 일을 설명하려고 했다. 그런데 육종자는 도통 들을 생각을 하지 않았다.

임유성은 공격해 오려는 육종자를 향해 성난 외침을 내질렀다.

"제 말 좀 들어 보십시오!"

"닥쳐라! 우리 화산을 피로 물들인 네놈의 말을 어이 내 믿을까?"

"경혼조."

"허어억! 네, 네놈이 그것을 어떻게……."

육종자는 멈추어 서며 경악한 표정을 지었다. 그는 멍한 눈으로 임유성을 쳐다보았다.

임유성은 재빨리 소리쳤다.

"제 조부님이 경혼조 생존자들 중 한 분이셨습니다!"

육종자는 아연실색했다. 그는 우두커니 서서 혼비백산한 모습으로 멍하니 임유성을 보았다.

제자 양우진 때문에 경혼조에 관해 약간이나마 알아보았다.

임유성은 이때다 싶어 재빨리 그간의 일을 말했다.

육종자는 충격을 받은 듯 검을 내렸다. 그러고는 힘없이 중얼거렸다.

"그럴 리가…… 그럴 리가 없어. 육미 사형이 우진이를 죽음의 함정으로 몰아넣다니. 내 제자인데, 사제인 나 육종의 제자인데……."

육종자는 고통스러운 표정을 지었다. 귀로는 임유성의 말이 계속 들려왔다.

육종자는 휘청거리며 어찌할 바를 몰라 했다. 그는 양우진이 죽었다는 말에 힘없이 털썩 무릎을 꿇었다. 그러고는 고개를 숙이며 오열했다.

"으아아아! 우진아!"

육종자는 제자의 죽음에 비통해했다. 그리고 사문 화산이 저지른 일에 비탄에 빠졌다.

"이런 일이 일어나다니. 경혼조의 후인이 우리 화산을 이리 만들어 버리다니. 크흐흑."

임유성은 고개를 살짝 숙였다.

"죄송합니다. 하지만 경혼조의 일을 아시니 절 이해하시리라 생각합니다."

육종자는 울먹이며 임유성을 쳐다보았다. 그는 피를 토하듯 임유성을 향해 소리쳤다.

"이해한다! 하나 가슴은 아니다! 누가 뭐라고 해도 내 사문은 화산파다! 넌, 내 사문을 피로 물들였다! 그럼에도 난 너에게 복수를 할 수가 없다! 네놈의 복수를 가로막고 네놈을 죽일 명분이 나에게는 없기 때문이다! 경혼조가 당한 일을 알기에 차마 검을 들어 널 죽일 수가 없는 내가 한스럽다! 떠나라! 지금 당장 우리 화산파를 떠나라! 두 번 다시 우리 화산에 나타나지 마라! 향후 강호에서 너를 마주하고 싶지 않으니!"

"……"

임유성은 말없이 육종자를 물끄러미 바라보았다.

뭐라 말을 하려고 하다가 입을 다물었다. 눈앞에 양우진의 얼굴이 스르륵 떠올랐다. 그 얼굴은 육종자의 모습과 겹

쳐졌다.

'형님······.'

양우진은 고개를 천천히 내저었다.

'안 된다, 유성아. 내 스승님이시다.'

'젠장. 형님."

'그만해 다오. 나를 봐서······ 날 사랑하시는 내 스승님을 보아서······.'

임유성은 심중으로 크게 소리쳤다.

'빌어먹을······ 빌어 처먹을!'

임유성은 천천히 돌아섰다. 그는 땅을 차며 하늘로 솟구쳤다.

쉬아아악.

멀어져 가는 임유성의 외침이 아스라이 메아리쳤다.

"보중하시길!"

화산 연화봉으로 바람이 불었다.

휘이이잉.

강호인들은 섬서에서 일어난 혈사에 아연실색했다.

—패왕의 발걸음이 화산파와 종남파로 이어졌다. 두 문파는 패왕의 발에 짓밟히며 피에 잠겼다. 두 문파의 장문인과

장로들 태반이 죽었다. 또한 문하 제자들 거의 대부분이 오체분시되어 온전한 시신이라고는 찾아볼 수 없다.

　강호인들은 섬서혈사에 얼굴빛이 크게 변할 정도로 놀랐다.

　패왕 임유성, 그의 행보는 피를 의미하기 시작했다.

　혈로(血路).

　패왕이 지나쳐 간 뒤에는 붉은 진홍빛의 혈해만이 남았다.

　강호인들은 두려움을 느끼기 시작했다.

　처음에는 단신으로 소림을 봉문시킨 무위에 경이로움과 찬사를 보냈다. 하지만 화산에 이어 종남마저 피로 물들였다.

　이제 강호인 중 패왕에게 찬사를 보내는 이는 없었다.

　—왜, 무엇 때문에 화산과 종남을 소림처럼 봉문시키지 않고 피로 물들였을까?

　—패왕이 아니라 강호를 피로 물들이는 마두였단 말인가?

　—도대체 뭘 바라고 뭘 원하는가? 구대문파를 찾아다니며 피를 보는 이유가 뭐야?

　—패왕, 그가 지닌 무위의 끝은 어디일까? 단신으로 소림, 화산, 종남을 무너뜨렸지 않은가. 다음은 무당밖에 더 있겠는가?

강호인들은 호북 무당산을 주목하기 시작했다. 그곳에 숭소림과 함께 존무당이라 불리는 강호 문파가 있다.

도가제일문, 무당파.

과연 패왕이 무당파를 방문할 것인가.

그리고 화산과 종남처럼 무당을 피로 물들일 것인가.

아니면 무당파가 패왕의 혈로를 멈추게 하고 응징할 것인가.

강호인들은 짙은 호기심에, 그리고 피를 뿌리는 패왕을 보고자 무당산으로 꾸역꾸역 모여들기 시작했다.

손끝이 떨렸다.

파르르.

떨림은 손목을 타고 팔뚝으로 이어졌다. 그리고 차츰 온몸으로 퍼지며 격정과 충격, 그리고 두려움을 낳았다.

개방 방주 구주걸신(九州乞神)은 천천히 입을 열었다.

"그가 지금 이쪽으로 오고 있다고?"

짙은 긴장감으로 목소리가 떨렸다.

주풍개는 고개를 숙이며 대답했다.

"네, 방주님. 앞으로 사흘이면 이곳 죽산에 당도할 것 같습니다."

순간, 천막 내부가 고요해졌다.

"……."

구주걸신은 말없이 고개를 끄덕였다. 그는 오른손을 들어 올려 바깥으로 흔들었다.

그에 주풍개는 구주걸신에게 고개를 숙여 보인 후 돌아섰다. 그가 천막 밖으로 나가자, 세 남녀가 구주걸신을 쳐다보았다.

날수선자(辣手仙子) 몽여빙, 무쌍개(無雙丐), 칠결 장로 구광개(口狂丐).

넓찍한 탁자 중앙에 앉은 구주걸신은 긴장감으로 몸이 굳었다.

얼굴에 불안과 걱정, 그리고 두려움이 떠올랐다.

임유성.

패왕이라 불리는 극강의 무인에 관해 개방은 아는 바가 매우 적었다.

구주걸신은 고개를 숙이며 두 손을 모아 깍지를 껴 이마를 갖다 댔다.

매우 피곤해 보이는 모습이었다. 지치고 힘든 기색이 역력했다. 그도 그럴 것이, 하남 개봉에서 물경 이천여 명에 이르는 개방 정예들을 차출했다. 그러고는 주야를 불문하고 호북으로 이동했다. 방주인 구주걸신은 몇 날 며칠 동안 불면증에 시달렸다.

그는 잠을 잊은 듯 지금의 죽산까지 한달음에 치달았다.

그러면서 구주걸신은 개방 제자들을 닦달했다.

그는 너무나도 조급했다. 스스로에게 휴식을 허락하지 않을 정도로 말이다. 그 덕분에 죽산에 도착한 구주걸신을 포함한 개방 제자들은 기진맥진했다.

구광개는 걱정스러운 목소리로 말했다.

"방주, 잠시 쉬셔야겠습니다. 피곤해 보이십니다."

구주걸신은 두 눈을 감으며 말했다.

"나보단 다른 제자들을 충분히 쉬게 하게. 곧 그자와 맞닥뜨리게 될 테니. 다행히 그자가 사흘 후에 이곳에 당도한다고 하니 다소 시간은 번 셈이라 한숨 돌릴 수 있겠으나, 그자와 부딪친 후에 과연 몇이나 살아남을지……."

구주걸신은 임유성의 혈로를 강제로 멈추게 할 작정이었다.

몽여빙은 날카로운 목소리로 말했다.

"사부님, 저희는 이천여 명이에요. 그자가 아무리 강하다고는 하지만 우리 개방 제자들을 모두 감당할 수는 없어요."

무쌍개는 몽여빙을 쳐다보며 불안해하는 목소리로 말했다.

"그건 모르는 일이다, 사매. 그자는 소림, 화산, 종남을 무릎 꿇렸다. 그 과정에서 화산과 종남은 사실상 멸문에 준하는 타격을 받았다. 두 문파의 장문인과 여타의 장로들, 그리고 문하 일대 제자들 대부분이 죽었다. 무슨 말인지 알겠어? 그 자는 단순히 강한 고수가 아니라는 말이야."

구광개는 고개를 가볍게 끄덕였다.

"몽여빙 장로, 그것은 후개의 말이 맞소."

구광개는 공개적인 자리라 몽여빙을 팔결 장로로서 대우했다.

몽여빙은 눈살을 찡그렸다.

그녀는 마음에 들지 않는다는 기색을 띠었다.

그 이유가 구광개가 그녀를 대우하는 것 때문인지, 아니면 구광개가 임유성을 높이 평가하는 것 때문인지는 알 수 없었다.

몽여빙은 구광개에게 거침없이 말했다.

"사숙, 우리 개방의 정예가 무려 이천이에요. 그런데 단한 사람을 어쩌지 못할 것 같아요?"

구주걸신은 두 눈을 뜨며 혀를 찼다.

"쯧쯧……."

구광개, 무쌍개, 몽여빙은 구주걸신을 쳐다보았다.

"사부님."

"말만 한 아이가 어찌 그리 생각이 짧으냐?"

"제가 뭘요?"

구주걸신은 반발하는 몽여빙에게 말했다.

"화산파의 본산 제자가 얼만 줄 아느냐? 종남파의 문하제자들의 수가 얼마인 줄 알고 그리 말하느냐?"

"그, 그건……."

몽여빙은 대답하지 못했다.

구광개는 몽여빙을 보았다.

"구대문파 중 가장 문하 제자가 많고 세력이 강성한 소림만 해도 그 수가 삼천여 명은 가볍게 넘네, 몽여빙 장로. 화산과 종남은 각기 최소 이천여 명 이상의 문하 제자가 있고. 물론 화산과 종남산 곳곳에 흩어져 있긴 하지만, 본산 경내에는 적어도 일천 이상은 있다네. 한데 패왕이라 불리는 그자는 화산에 이어 종남까지 짓밟아 버렸네. 그것도 불과 며칠 사이에 말일세. 그건 그자가 화산에서 그리 큰 타격을 받지 않았다는 걸 의미하네."

구주걸신은 구광개의 말에 덧붙이듯 말했다.

"비록 우리 개방 제자가 이천여 명에 이른다고는 하지만, 그리 안심할 수만은 없다. 그자는 강해도 너무 강하다. 단신으로 화산과 종남을 피로 물들인 것을 염두에 둬라."

무쌍개는 구광개와 구주걸신의 말을 가만히 듣고 있다가 입을 열었다.

"한데 의아합니다, 사부님. 강함에도 종류가 있고 격차가 있는 법인데. 단신으로…… 그렇게 엄청난 무공을 익힐 수가 있다니, 솔직히 어안이 벙벙합니다."

구광개는 침중한 기색을 띠었다.

구주걸신은 낮은 한숨을 내쉬었다.

"휴,"

구주걸신은 불안한 목소리로 말했다.

"패왕이라는 자는 최소 절세고수라고 봐야 할 것이다. 소림에 이어 화산과 종남을 무너뜨리고, 이제는 무당파를 넘 보고 있으니 말이다."

구광개와 몽여빙, 그리고 무쌍개는 마른침을 삼켰다.

그들은 바짝 긴장했다. 가늘게 떨리는 몸이 그것을 말하고 있었다.

구주걸신은 다시금 말을 이어 나갔다.

"무당파가 그자에게 짓밟히도록 내버려 둘 수는 없다. 만약 무당파가 그자에게 당해 화산과 종남의 전철을 밟는다면 강호는 미증유의 혼란에 휘말린다. 그자의 다음 행보는 다른 문파와 무림맹으로 이어질 것이 뻔하다. 만약 그자가 무림맹에서 우리가 상상할 수 없는 피를 뿌린다면…… 그자는 지금 잔뜩 독이 오른, 물리면 죽을 수밖에 없는 독사와 같은 존재다."

"……"

"무림맹이 그자에게 당해 무너진다면 기존에 강호를 유지해 왔던 질서가 일순간 무너지게 된다. 그렇게 되면 강호는 군웅할거의 혼란으로 치닫고, 최악의 경우 천존부가 전격적으로 중원으로 치고 들어와 강호를 장악하는, 돌이킬 수 없는 사태가 일어날 수도 있다. 사상 최초로 강호가 새외 변방의 문파에게 무릎을 꿇어야 할지도 모른다, 이 말이다."

구광개는 오른손으로 앉은 탁자를 내려쳤다.

탕!

그는 좌중이 떠나가라 일갈했다.

"그리되도록 두고 볼 수는 없소, 방주! 우리 중원이 새외의 지배를 받다니! 이는 우리 강호인에게는 씻을 수 없는 치욕이자 수치외다! 과거 원에게 중원을 내준 것도 뼈에 사무치거늘, 새외 세력에게 강호를 내주다니요! 그것만큼은 기필코 막아야 합니다, 방주!"

몽여빙과 무쌍개는 고개를 끄덕였다.

"저도 사숙과 생각이 같아요, 사부님. 그런 일은 절대 일어나서는 안 돼요."

"저 또한 동감입니다, 사부님. 저희 중원이 새외 세력에게 짓밟힐 수는 없습니다."

구주걸신은 침통한 기색을 띠었다. 그는 나직한 목소리로 말했다.

"그러자면 그를 막아야 한다. 그가 무당파에 이어 무림맹을 짓밟지 못하게 그의 행보를 반드시 막아야 해."

구광개와 몽여빙, 그리고 무쌍개는 우렁찬 목소리로 동시에 대답했다.

"반드시 막겠습니다!"

구주걸신은 고개를 끄덕이며 말했다.

"다들 나가서 제자들을 살피도록 해라. 그들이 최대한 빨리 피로를 풀고 최상의 상태로 패왕이라 불리는 자를 맞아 싸워야 하니."

"네."

세 남녀는 일어나 천막 입구로 돌아섰다.

구주걸신은 앉은 의자에 몸을 파묻었다. 그는 허탈해했다.

구광개와 몽여빙, 그리고 무쌍개는 구주걸신을 힐끗 일별하고는 밖으로 나갔다.

구주걸신은 귀에 들리는 세 남녀의 발걸음 소리에 천천히 두 눈을 감았다.

'미안하구나. 그가 경혼조와 관련이 있다는 것을 내 말해 줄 수가 없구나.'

구주걸신은 임유성에 대한 정보를 숨겼다.

'그가 소림과 화산, 그리고 종남을 짓밟은 것은 필시 경혼조에 대한 복수 때문일 것이다. 그가 이대로 계속 복수행을 하도록 내버려 둘 수는 없다. 자칫 무당이 무너지고 무림맹이 그에게 당한다면 천존부를 맞아 강호를 지킬 세력이 죄다 사라진다. 그의 복수로 인해 우리 중원이 새외에게 무릎을 꿇을 수는 없음이다. 결코 그와 같은 일이 일어나서는 안 된다. 지금은 무당파와 무림맹이 계속 존속되어야 한다.'

구주걸신은 착잡했다.

임유성의 복수행이 정당한 것임을 알고 있다. 하지만 임유성이 복수행을 계속하도록 내버려 둘 수는 없었다. 기존의 질서는 유지되어야 했다.

천존부가 사천을 손아귀에 넣고 중원으로 치고 들어올 경우, 맞서 싸울 세력과 힘이 필요했다. 그리고 현재로서는 무림맹과 무당, 두 세력이 유일했다.

'경혼조가 이런 결과를 야기할 줄이야. 이게 다 구대문파의 자업자득이지만, 그렇다고 강호가 새외에게 짓밟히는 것을 가만히 두고 볼 수는 없다. 막아야 한다! 그에겐 못할 짓이지만, 그의 행보를 막을 수밖에 달리 길이 없다.'

구주걸신은 내심 임유성의 행보를 막아설 생각이었다. 그것이 강호 무림을 위해 최선의 선택이라고 생각했다.

왕왕 사람들은 오판을 저지르면서 그게 최선이라고 생각한다. 그럴 경우, 그 오판이 치명적인 결과를 가져온다. 작게는 한 개인의 죽임이며, 크게는 한 세력의 자멸이다.

구주걸신은 죽산에서 임유성의 발길을 붙잡을 수 있으리라고 오판했다.

그는 심중 경혼조와 관련해 죄책감과 비슷한 가책을 느꼈다. 경혼조에 관한 전말을 그가 알고 있었기 때문이다.

3장

초묵천은 멍했다.

그는 익여의의 말에 망연자실해했다.

강하다고 말하는 것에도 한계가 있다. 한 개인이 강하다고는 하나 화산파와 종남파를 피로 씻었다는 것은 믿기 어려운 일이다.

"화산과 종남의 장문인이 죽고, 장로들과 일대 제자들이 도륙을 당했단 말인가?"

"네, 맹주님."

"어떻게 한 개인이 그럴 수가 있나? 그렇게 강한 무공을 지닌 자가 당금 강호에 있었단 말인가?"

"……."

익여의는 침묵했다. 그 또한 물음을 던진 초묵천과 생각이 같았다.

불가능하다. 하지만 현실은 가능하다고 말하고 있었다.

익여의는 긴장감이 물씬 배인 목소리로 말했다.

"맹주님, 분명한 것은 그 패왕이라는 자가 화산파와 종남파를 짓밟았다는 것입니다. 또한 지금 무당파로 움직이고 있다고 합니다. 향후 그의 행보가 어디로 이어질지……."

초묵천은 얼굴을 경직한 채 어처구니가 없다는 목소리로 중얼거렸다.

"설마 무당파까지 그자에게 당하려고."

"맹주님, 그자는 이미 소림을 홀로 봉문시켰습니다. 무당파 또한 가능하지 않겠습니까?"

초묵천은 침묵했다.

익여의는 초묵천을 보며 눈빛을 반짝였다. 그는 망설이는 기색을 띠었다.

초묵천은 익여의의 기색을 보고는 물었다.

"여의, 달리 또 할 말이 있는가?"

"그것이…… 비풍로개가 전해 온 바로는, 그자가 경혼조와 관계가 있다고 합니다."

순간, 초묵천의 안색이 백지장처럼 창백하게 변했다. 그는 경악한 얼굴로 자지러지는 목소리로 말했다.

"경혼조!"

익여의는 불길함을 느낀 듯 안색이 어두웠다.

"네, 맹주님. 개방에서는 그가 경혼조와 모종의 관계가 있다고 생각하는 것 같습니다. 그자의 나이와 구파를 짓밟는 행보로 볼 때, 과거 경혼조의 생존자들 중 한 명의 후인이……."

초묵천은 격동으로 잔떨림을 흘렸다.

"그럴 리가…… 하면 그자가 지금 경혼조의 복수를 하고 있다는 말인가?"

"네. 개방은 그리 보고 있는 것 같습니다. 그리고 개방이 말하는 것을 염두에 두고 볼 때, 그자의 행보가 맞아떨어집니다. 그자가 왜 소림, 화산, 종남을 방문하였는지……."

초묵천은 창황망조했다. 상황은 그가 생각하는 것보다 최악이었다.

"그자가…… 그리 강한 자가 경혼조의 후인이고, 경혼조의 복수를 하고 있다면, 설마 우리까지……."

"네. 무림맹까지 그의 복수 대상에 포함되어 있을 수 있습니다."

초묵천의 얼굴이 하얗게 질렸다. 핏기라고는 찾아볼 수 없을 만큼.

"……."

초묵천은 상당한 충격을 받은 듯 매우 당황했다.

익여의는 걱정스러운 목소리로 말했다.

"맹주님, 그자가 무당파를 치기 전에 우리가 먼저 움직여야 합니다. 그자를 죽여야 합니다. 그렇지 않으면 무림맹과 구대문파의 치부가 세상에 알려질 수 있습니다. 그리되면 저희는 끝장입니다. 맹주님이 구상하시는 강호세가들의 무림맹 장악 계획이 모래성처럼 허물어집니다."

"……."

초묵천은 말없이 고개를 숙였다.

익여의는 급하다는 목소리로 말했다.

"맹주님, 지금 개방이 무당파로 이어지는 길목인 죽산에서 그를 가로막으려 합니다. 그러니 빨리 맹의 전력을 죽산으로 보내 개방과 함께 그를 막아야 합니다."

"……."

"맹주님."

"……."

"맹……."

초묵천은 오른손을 들어 올려 익여의의 말을 막았다. 그는 침중한 얼굴로 무엇인가를 생각하는 듯했다.

익여의는 입을 다물며 초묵천을 바라보았다.

초묵천은 어느새 냉정을 되찾고 심각한 표정을 짓고 있었다.

"여의."

"네."

"어쩌면 우리에게 더욱 좋은 기회가 될지도 모르네. 이 위기를 전화위복으로 삼으세."

익여의는 영문을 모르겠다는 표정을 지었다.

"네?"

초묵천의 입꼬리가 서서히 옆으로 밀렸다.

"애초에 우리가 생각한 것은 궁극적으로 구대문파를 약화시키는 것이었네. 만일 그자가 구파에 복수를 하고자 한다면 필시 무당파에 그치지 않을 것이네. 그리고 우리 무림맹에도 복수의 칼날을 들이밀려고 할 것이네. 안 그런가?"

"그렇긴 합니다만."

"후후, 그자가 무당을 처리하고 나면 아마도 인근에 위치한 무림맹으로 찾아올지 모르네. 한데 말일세, 맹이 이곳 영곡산을 벗어나 사천으로 가 버리면 어떻게 될 것 같은가?"

"네에? 저희가 사천으로요?"

초묵천은 싱긋 웃었다.

"맞네. 그자는 구대문파의 남은 다섯인 아미, 청성, 곤륜, 공동, 점창을 분명 방문할 것이네. 한데 그 다섯 문파는 지금 사천에서 천존부와 싸우고 있네. 만약에 그자를 사천으로 유인하여 천존부로 하여금 그자를 죽이도록 한다면 어떻겠는가?"

익여의는 눈빛을 번쩍이더니 부리나케 소리쳤다.

"이이제이!"

초묵천은 고개를 끄덕였다.

"후후, 천존부와 그자, 양측 모두 우리에게는 없애 버려야 할 존재들이네. 그러니 두 존재를 한자리에 끌어들여 서로 싸우게 하는 걸세. 그러자면 천존부에 그자가 우리를 편드는 것처럼 보이게 만들어야 하네. 십중팔구는 그 패왕이라는 자를 위험한 자로 보고 죽이려고 할 테지. 그때, 우리는 뒤로 빠져 두 존재가 서로를 물고 뜯으며 싸우는 것을 지켜본 연후에 양쪽 중 살아남은 쪽을 치는 걸세."

"패왕이 살아남으면 그자를 정파에 피를 뿌린 마두로 몰아 죽이고, 천존부가 살아남는다면 곧바로 들이치는……."

"흐흐흐, 맞네. 천존부가 살아남는다고 해도 패왕이라 불리는 그자로 인해 적잖은 피해를 보았을 터. 우리는 당가, 아미, 공동, 곤륜, 네 문파와 함께 천존부를 물리친, 강호를 새외 세력으로부터 지킨 영웅이 되는 걸세. 아마 강호인들이 우리를 향해 박수를 쳐 주지 않을까 생각하네만."

익여의의 안색은 밝아졌다. 전혀 손해 날 것이 없었다.

무림맹에게 이득이 되는 일이다. 천존부나 패왕, 양측 모두 껄끄럽고 반드시 없애야 하는 존재이니 말이다.

어부지리.

익여의는 머릿속으로 그 말을 떠올리며 서서히 미소를 머금었다.

초묵천은 익여의를 보며 득의에 찬 눈빛을 반짝였다. 그의 얼굴에 자신만만한 기색이 떠올랐다.

초묵천은 매우 흡족한 얼굴이었다. 위기를 기회로 바꾼 스스로의 지모에 한껏 도취되었다.

미산에서 그리 멀리 떨어지지 않은 들에 무수한 천막이

세워져 있었다.

천막들은 들판을 뒤덮으며 서릿발 같은 기세를 뿜냈다. 천막 사이를 오가는 몇몇 회의인이 가끔씩 걸음을 멈추고 미산을 바라보았다.

적개심이 가득한 시선이었다.

언제든지 명령만 떨어지며 곧바로 미산으로 내달릴 모습이었다.

스윽.

찰람원주 사수붕은 앉은 자리에서 일어났다. 그의 시야에 천막 안으로 들어서는 나소추가 보였다.

사수붕은 내심 이맛살을 찡그렸다.

밥맛없는 존재다. 하나 그것은 내심으로만 생각할 뿐, 겉으로는 만면에 활짝 미소를 머금었다.

"대사형."

나소추는 무표정이었다. 이렇다 할 감정을 드러내지 않았다.

그는 사수붕이 서 있는 탁자로 걸어가 빈 의자에 앉았다.

사수붕이 맞은편에 앉으며 말했다.

"대사형께서 직접 오실 줄은 몰랐습니다."

"훗, 일천혈광마가 어떤 존재인지 알고 있다면, 응당 내가 올 것을 예상하였을 텐데?"

"그거야……."

사수붕은 곤혹스럽다는 표정을 지었다. 그의 속내를 나소추가 엿보는 것 같아 심중 불쾌했다.

나소추는 아무렇지도 않은 듯 대꾸했다.

"됐다. 너와 그리 길게 얘기하고픈 생각은 없다. 어째서 성도를 코앞에 둔 미산에서 이리 지체하는지, 그 이유나 설명해 봐라."

"네, 흐흠."

사수붕은 헛기침하며 설명하기 시작했다.

"문제는 당가와 낭인들입니다."

"당가가 개입한 것이 그리도 상황을 어렵게 하느냐? 구천이 넘는 부의 정예들을 이끌고 있으면서……."

"그게 그리 만만하지가 않습니다. 당가 놈들이 그동안 독인을 만들어 냈습니다."

그 말에 나소추는 흠칫하며 놀라는 기색을 보였다.

"설마 당가에서 독인을 만들어 전면에 내세웠단 말이냐?"

"네."

"그럴 리가 있나? 독인이 그리 쉽게 만들어지는 것이 아닐 텐데."

"맞습니다, 대사형. 독인은 그리 쉬이 만들어 낼 수 없습니다. 하지만 상대가 당가입니다. 그동안 은밀히……."

나소추는 긴장한 표정을 지으며 사수붕에게 물었다.

"수는?"

"셋입니다."

나소추는 어이가 없다는 표정을 지었다.

"셋?"

"네, 그렇습니다."

"아니, 겨우 독인 셋 때문에 부에 지원을 청했다는 말이냐?"

나소추는 서서히 성난 표정을 짓기 시작했다.

사수붕은 재빨리 말했다.

"셋이라고는 하나 전면에서 저희들 선봉을 뒤흔들기에는 충분합니다. 선봉이 세 독인에 의해 혼란에 빠지면 당가 놈들이 어김없이 독으로 공격을 해 옵니다. 그 탓에 혼란에 빠진 선봉이 독에 중독되어 이렇다 할 손도 써 보지 못하고 무너졌습니다. 게다가 기다렸다는 듯 당가 놈들이 재차 암기를 발출해 다시금 피해를 가중시켰습니다. 급히 전열을 가다듬고 반격을 하려고 했습니다만, 낭인 놈들이 집단전을 걸어오는데다가 아미와 곤륜, 그리고 공동이 뒤를 받치는 바람에 그만……."

"결국 당가에 의해 선두가 무너진 것이 치명적이었다는 말이로구나."

"네, 사형. 현재 저희들은 해독약이나 피독환 등 독에 대한 대책이 없는 터라……."

"그래서 일천혈광마로 승부를 걸어 볼 생각인 것이냐?"

"네. 일천혈광마로 독인들을 단숨에 짓밟고 당가를 쓸어버릴 생각입니다. 그들만 없애 버리면 낭인들과 뒤를 받치는 세 문파야 얼마든지 저희들이 상대할 수 있습니다."

나소추는 핀잔을 던지듯 말했다.

"자신감이 대단하구나."

사수붕은 송구하다는 표정을 지으며 입을 다물었다.

"……."

나소추는 자리에서 일어났다.

사수붕은 그를 보며 몸을 일으켰다.

"오늘은 늦었고, 내일 내가 전체를 통솔하겠다."

사수붕은 움찔했다.

나소추는 그 모습에 언성을 높였다.

"왜? 불만이냐?"

사수붕은 정색을 하며 두 손을 들었다.

"그럴 리가 있겠습니까? 대사형께서 오셨으니, 응당 대사형이 지휘를 하셔야죠. 저는 아무런 불만이 없습니다."

"그래."

나소추는 사수붕을 쳐다보며 작게 눈을 빛냈다. 그는 돌아서며 입구를 향해 느긋한 걸음을 떼었다.

사수붕은 걸어가는 나소추를 향해 공손하게 고개를 숙였다.

"편히 쉬십시오."

잠시 후, 나소추가 발소리가 들리지 않게 되자 사수붕은 고개를 들었다.

불쾌한 심사가 고스란히 얼굴에 나타났다.

"염병할. 이제는 공을 자신이 가져가겠다? 육시할 놈."

사수붕은 오른쪽으로 돌아서며 시야에 보이는 의자를 집어 들어 내동댕이쳤다.

콰당탕!

"개새끼!"

의자는 탁자에 부딪쳐 산산이 부서졌다. 부서진 의자의
잔해가 주위로 날렸다.

사수붕은 매우 열을 받은 듯 연방 씩씩거렸다. 그는 흥분
을 주체할 수 없는 듯 고성을 질렀다.

한편, 천막 밖에서 안을 엿보던 홀균하는 흠칫했다. 그는
두려운 눈빛을 반짝이며 슬그머니 몸을 돌렸다.

홀균하는 될 수 있는 한 천막에서 멀리 벗어나고자 바삐
걸어갔다.

❖   ❖   ❖

사천의 성도에서 도보로 한 시진 정도 떨어진 미산.

때는 해시(亥時)였다.

어느덧 초여름이 가까이 다가왔다. 그 때문인지 날벌레들
이 왱왱 날아다녔고, 밤공기가 제법 무더웠다.

사방에 피워 놓은 크고 작은 모닥불들이 밤을 밝혔다. 산
아래에 자리한 천존부의 이들을 의식한 듯 모닥불은 과하다
싶을 정도로 많았다.

일종의 허장성세.

산 중턱의 넓은 공터에는 여느 것보다 규모가 배 이상 큰
모닥불이 있었다.

오른쪽으로는 천막이 있었는데, 여승과 도사, 그리고 속

인들이 초(哨)를 서고 있었다.

천막 안에서 몇몇 사람들이 두런두런 대화하는 소리가 들렸다.

구하 진인과 금양 도장은 탁자 좌우에 앉아 있었다. 중앙에는 당무곡이 앉았고, 그의 맞은편에 수심 사태가 앉았다.

구하 진인과 금양 도장은 들뜬 목소리로 말했다.

"원시천존. 당가가 이리 빨리 독인들을 만들어 낼 줄은 미처 몰랐소이다, 가주."

당무곡은 겸손한 목소리로 대답했다.

"이게 다 곤륜파에서 금관적홍사를 보내주신 덕분입니다. 만일 곤륜파의 도움이 없었더라면 독인을 만들어 내지 못했을 겁니다."

금양 도장은 너털웃음을 흘렸다.

"허허, 그리고 보면 당가와 곤륜이 서로 합작해 독인을 만든 셈이 되는 것이오?"

"하하. 금양 도장, 아무려면 어떻습니까? 당가의 독인 덕분에 천존부 놈들을 몇 번이나 잘 막아 내지 않았습니까? 그럼 된 것 아니겠습니까?"

"껄껄껄. 이를 말씀이오, 진인. 당가가 우리와 합류한 후 천존부 놈들이 쉬이 미산으로 기어 올라오지 못하고 있습니다. 아니 그렇습니까, 가주."

"도장께서 그리 말씀해 주시니 이 사람, 부끄럽기 한량없습니다."

금양 도장은 웃으며 당무곡을 치켜올렸다.

"무슨 말씀을……."

당무곡은 금양 도장에게 미소를 지어 보였다.

그런 그들과 달리 아미파 장문인 수심 사태는 입을 꾹 다물고 있었다.

그녀의 눈에 보이는 곤륜 장문인 구하 진인, 공동 장문인 금양 도장, 당가주 당무곡은 화기애애했다.

수심 사태는 대화에 끼어들지 못했다.

은연중에 세 사람이 밀쳐 내며 관심이 없다는 태도를 견지(堅持)했다.

수심 사태는 세 사람에게 따돌림을 당한다 생각했다. 그 탓에 내심 분기를 느꼈다.

'결국 우리 아미와 청성이 당가를 압박한 것에 대한 불만의 표출이다, 이것인가? 이제 우리 아미의 세력이 있으나 마나 하니 지금 나를 무시하고 능멸한다?'

분했다.

심중 울화가 치밀었다. 아무리 구대문파에 속한다 하나 다른 문파에 밀리지 않는 세력과 힘이 있어야 한다. 그래야 구파 회합에서 발언권을 얻으며 의견에 힘을 실을 수 있다.

만약 세력과 힘이 없거나 모자란다면 구파가 회동할 때 지금처럼 말할 기회를 얻지 못한다. 아울러 말해 봐야 받아들여지지도 않는다.

구대문파는 정도무림이란 큰 틀을 유지하는 한편, 내부적으로 끊임없이 세력을 다투고 위상 경쟁을 벌인다. 그들 나름으로 치열한 생존 경쟁을 하는 것이다.

당무곡은 고개를 왼쪽으로 돌려 서 있는 장년인을 보았다.

낭인들을 대표하는 수장, 선풍검 양주상이다. 그는 탁자에 앉지 못했다.

낭인들에 대한 푸대접이었고, 배분을 따진 대우였다.

양주상은 굳게 입을 다물고 무표정한 얼굴로 가만히 서 있었다.

당무곡은 내심 안쓰러워하며 친근한 목소리로 말했다.

"양 대협, 낭인들 덕분에 수월히 천존부를 막아 낼 수 있었습니다. 이 자리를 빌려 고맙다는 말을 하고 싶소이다."

양주상은 고무된 듯 옅은 미소를 지었다.

"어인 말씀을. 저희들은 그저 돈을 받고 고용되어 받은 값만큼 열심히 싸운 것뿐입니다."

구하 진인은 양주상을 쳐다보았다.

"허허. 너무 겸손하시오, 양 대협. 낭인들이 몸을 사리지 않고 용감하게 나서는 모습에 이 사람 크게 감복하였소이다."

금양 도장을 고개를 가볍게 끄덕였다.

"양 대협, 나 또한 낭인들이 싸우는 것을 보았소이다. 열과 성을 다해 천존부와 맞서 싸운 낭인들에게 나 역시 고맙다는 말을 드리고 싶소이다."

"허, 이것참. 세 분이 저를 무척이나 민망하게 만드십니다."

양주상은 한껏 들떴다.

곤륜파의 장문인과 공동파의 장문인, 그리고 사천당가의 가주가 하는 칭찬이었다. 기분이 좋아지지 않을 리가 없다. 하지만 그것은 낭인들이 좀 더 열심히 싸워 주었으면 하는 기대에 기반한 것. 동시에 낭인들의 사기를 끌어 올리기 위해 하는 말이었다.

낭인들을 진심으로 대우하고자 한다면 응당 양주상에게 자리를 내줘야 했다. 하나 구하 진인과 금양 도장은 그렇게 하지 않았다.

당무곡이 자리를 거론하자 배분에 어긋난다 말했다.

그들은 낭인들을 전면에 내세우고자 했다. 그 속내는 한결같았다. 각자가 이끄는, 각 문파의 제자들이 입을 수 있는 희생을 최소화하려는 것이다.

양주상은 아쉽게도 세 사람의 속내를 전혀 알지 못했다. 그저 세 사람이 띄워 주니 고마워하고 좋아라 할 뿐이다. 애당초 권모술수와는 거리가 있는 양주상이었다.

수심 사태는 분기를 주체하지 못하고 마음속으로 중얼거렸다.

'이익! 내가 한낱 낭인보다 못하다, 이 말인가?'

비록 탁자에 앉긴 했지만 대우에 있어 양주상보다 처졌다.

당무곡이 양주상에게 말을 붙이자 기다렸다는 듯 편승하는 구하 진인과 금양 도장의 언행에 수심 사태는 배신감을 느꼈다.

다 같이 구대문파라는 틀에 속하지 않는가.

당가나 낭인들보다 그녀가 이끄는 아미에 더 가까워야 할 곤륜과 공동이다. 그런데 구하 진인과 금양 도장은 수심 사태를 못 본 척했다.

수심 사태는 아미를 찌푸리며 눈매를 가늘게 떴다. 불쾌한 심중을 암암리에 내비치는 모습이었다.

당무곡은 양주상과 구하 진인, 그리고 금양 도장과 대화를 나누었다. 그러면서 은연중에 수심 사태의 신색을 살폈다.

'으하하하! 그러게 우리 당가를 왜 건드려.'

당무곡은 내심 대소를 터뜨렸다.

구하 진인은 수심 사태를 흘깃거렸다.

'쯧쯧, 그러게 자파의 세력을 어찌 그리도 보존하지 못했을꼬?'

구하 진인은 어설프게 당가를 건드린 아미를 심중으로 안쓰러워했다.

대세는 당가를 중심으로 돌아간다. 당가의 독과 암기는 미산에서는 매우 유용했다.

자신이 이끄는 곤륜파가 위급한 지경에 처했을 때를 감안해야 한다. 당가에 지원을 부탁하고자 한다면 당가주 당무곡에게 친근한 인상을 심어 주어야 했다. 그래야 당가가 선선히 지원을 해 줄 것이기 때문이다.

금양 도장 역시 구하 진인과 다를 바가 없었다. 그는 수심 사태를 곁눈질하며 당무곡을 힐끗 쳐다보았다.

금양 도장의 눈에 당무곡의 두 눈동자가 보였다. 득의가 담긴 눈빛이 스쳤다.

'아미를 궁지로 몰아붙였다고 좋아하는 모양이로군.'

금양 도장은 심중 쓴 미소를 지었다. 필요하다면, 공동파에 도움이 된다면 기꺼이 당가의 손을 들어 줄 것이다.

일각 후, 더는 찬밥 신세를 견디지 못한 수심 사태가 벌떡 일어났다.

그녀는 두 손을 모아 합장하며 고개를 숙였다.

"나무관세음보살. 밤이 깊었습니다. 소승은 이만 자리를 뜰까 합니다. 내일 또 싸워야 하니……."

당무곡은 천천히 일어섰다.

그래도 아미파의 장문인이다. 가만히 앉아서 잘 가라고 할 수는 없다.

겉치레 인사라도 건네야 하는 것이다.

"벌써 말씀이십니까?"

"……."

수심 사태는 당무곡의 말에 대답하지 않았다. 그저 나직이 불호를 읊을 뿐이었다.

"아미타불……."

구하 진인과 금양 도장도 일어나 수심 사태를 대했다.

"편히 쉬시오, 사태."

"내일 봅시다."

수심 사태는 다시금 불호를 읊었다.

"나무관세음보살."

대답을 회피하기에 불호를 읊는 것 이상 좋은 것은 없다.

수심 사태는 인사를 한 후 미련없이 돌아섰다. 그녀는 천막 입구로 걸어가며 어금니를 악물었다.

'두고 보자! 우리 아미가 이대로 쉽게 머리를 숙일 것 같으냐? 어림도 없다. 오늘의 이 수모, 아미산이 존재하는 한, 기필코 갚고야 말리라.'

수심 사태는 천막을 나오면서 두 손을 불끈 쥐었다. 그녀의 두 눈동자에서 날카로운 빛이 번쩍였다.

❖   ❖   ❖

호북 무당산으로 이어지는 죽산의 고갯길에 임유성이 들어섰다. 그는 걸음을 옮기며 주위를 힐끗 흘겨보았다.

'날 기다렸다, 이건가? 좌우 숲에 이리 대놓고 많은…… 은신하고 있으니, 답은 나왔군.'

머릿속에서 두 글자가 떠올랐다.

내습.

임유성은 궁금했다.

은신한 자들은 대력 이백여 명 어림이었다.

그들이 흘리는 숨소리, 알아채기 힘들 만큼 옅은 살기.

그들의 목표는 자신일 것이다.

임유성은 기감을 활짝 열며 증폭시켰다. 그는 은신한 자들의 동정에 촉각을 세우며 여차하면 맞받아칠 태세를 갖췄다.

'누굴까? 내가 이쪽 길로 움직인다는 것을 사전에 알아챈 것 같은데.'

임유성을 흠칫했다.

터벅터벅.

그때, 정면에서 자신을 향해 다수의 사람이 걸어오는 모습이 보였다.

구주걸신, 몽여빙, 무쌍개, 구광개.

임유성은 작은 이채를 반짝였다.

'개방이 왜?'

그는 네 남녀를 물끄러미 바라보며 심중 의아해했다.

일 장 남짓한 거리를 둔 채 마주 보고 선 다섯 사람.

임유성은 의문의 얼굴빛을 띠었다. 개방이 왜 자신을 가로막으려 하는지 이해할 수가 없는 것이었다.

'개방과는 은원이 없는데…….'

그때, 구주걸신이 천천히 입을 입었다.

"자네가 요즘 패왕이라 불리는 사람이 맞는가?"

임유성은 말없이 가볍게 고개를 끄덕였다.

"……."

무쌍개와 몽여빙, 그리고 구광개는 눈빛을 반짝였다. 그들 세 사람의 얼굴에는 긴장감이 잔뜩 어려 있었다.

임유성은 낭랑한 목소리로 물었다.

"주위에 있는 이들이 개방의 제자들입니까?"

구주걸신은 움찔했다. 그는 나직이 짧은 한숨을 내쉬며

말했다.

"휴, 이리되어서 안타깝네만, 발길을 돌려주게."

"발길을 돌리라?"

순간, 임유성은 날카로운 눈빛을 띠었다. 불복의 얼굴빛이 나타났다.

구주걸신은 착잡한 표정을 지었다.

"자네의 마음을 내 모르지는 않으나 이대로 무당으로 가게 내버려 둘 수는 없네. 내 자네에게 이리 부탁함세. 그만 발길을 돌리게."

구주걸신은 고개를 살짝 숙였다.

몽여빙과 무쌍개, 그리고 구광개는 일순 놀라 소리쳤다.

"방주!"

"사부님!"

"어이해?"

세 사람은 반발했다.

방주가 고개를 숙인다는 것은 개방이 숙인다는 것을 의미한다.

임유성은 의구심이 이는 듯 의혹의 눈빛을 띠었다.

"대관절 왜 제 앞을 막는 것입니까? 저와 아무런 은원이 없을 터인데."

구주걸신은 고개를 들어 임유성을 쳐다보며 차분한 목소리로 말했다.

"이대로 자네가 걸음을 옮긴다면 무당이 당할 것은 불문가지. 지금 우리 중원은 사천에서 새외 세력인 천존부와 싸우고 있네. 그들이 사천을 손에 넣고 중원으로 들어온다면 막을 수 있는 세력은 무당과 다른 문파들, 그리고 무림맹뿐이네."

임유성의 얼굴이 일그러뜨렸다.

구주걸신이 왜 자신을 막는지 그 이유를 알 수 있었다.

더불어 부아가 치밀어 올랐다. 새외 세력을 막기 위한 세력이 필요하니, 자신더러 물러나라 말하는 구주걸신이다.

임유성은 성난 목소리로 일갈했다.

"내가 왜 무당으로 가려 하는지 아십니까? 고작 그따위 이유로 내 발길을 막고자 하는 겁니까? 구대문파, 그들이 과거 무슨 짓을 했는지 알고 이러는 것입니까?"

구주걸신은 움칫했다.

발끈 화를 내는 임유성의 반응에 자칫 충돌이 일어날 수도 있는 상황.

구주걸신이 입을 떼려고 하는 순간, 몽여빙이 임유성에게 소리쳤다.

"닥쳐요! 당신이 무당을 짓밟아 버리고 무림맹까지 건드리는 것을 우리 개방은 좌시할 수 없어요! 당신으로 인해 새외 세력이 중원으로 들어오기도 전에 중원이 피바다가 된다고요!"

구주걸신은 급히 몽여빙을 막았다.

"여빙아, 입 다물고 물러나라."

"사부님!"

"그만. 내 명이 있을 때까지는 함부로 나서지 마라."

구주걸신은 험악한 표정을 지으며 몽여빙을 윽박질렀다.

임유성은 이글거리는 눈으로 구주걸신을 노려보았다.

"아무것도 알지 못하면서 내 앞길을 막아서지 마십시오. 앞을 가로막는 자는 누가 되었든 용서하지 않을 것이니."

말과 함께 강렬한 투기와 살기가 일었다.

추화아아악.

임유성은 왼손에 든 패도를 가슴으로 들어 올렸다. 그러고는 오른손으로 도병을 잡고 단숨에 뺐다.

촤앙!

구주걸신을 위시해 네 남녀는 흠칫했다. 임유성의 기세가 예사롭지 않았다.

구주걸신은 다급하게 말했다.

"이보게, 진정하게."

임유성은 구주걸신의 말을 들으려 하지 않았다. 그는 주변이 떠나가라 일갈했다.

"그 누구라 할지라도 내 앞을 가로막는 자! 오직 죽음뿐이다!"

구주걸신은 당황했다.

임유성이 살기를 돋우며 오싹한 무형의 기세를 뿜었다.

구주걸신은 황급히 말했다.

"자네가 왜 무당파로 가려 하는지 그 이유를 아네. 하지만 중원을 위해 그렇게 해서는 안 되네. 자네가 아픔을 가지고 있다는 것을 아니 이러지 말게."

"닥치시오! 내가 왜 무당파로 가고자 하는지 알고 있으면서도 고작 중원이 새외 세력에게 당할까 염려되어 나더러 발길을 돌리라 하는 것이오!"

지금 같은 상황에서도 임유성은 하대할 수 없었다. 구주걸신은 배분과 연배만 봐도 손위어른이었기에.

"이보게."

"닥치시오!"

임유성은 분노했다.

구주걸신이 언급한 새외 세력 천존부, 그 우두머리인 천존. 그 또한 경혼조의 생존자가 아닌가.

그가 왜 중원을 치고자 하는가.

그 나름의 복수 때문이지 않는가.

옆에 있던 구광개는 임유성의 언행에 분기가 치밀었다.

구주걸신은 개방의 방주이자 구파의 장문인과 동등한 강호 명숙 중 명숙이다. 응당 존경받고 공대받아야 한다.

그런데 임유성이, 새카만 후배인 그가 오만불손한 언행을 일삼았다.

구광개는 용납할 수 없었다. 그는 임유성을 향해 성난 목소리로 일갈했다.

"네─ 이놈! 네놈은 스승에게 강호의 예법도 아니 배웠더냐! 감히 개방의 방주에게 그 무슨 무례한 언행이냐! 대관절 네 사문이 어디냐! 스승이 누구냔 말이다!"

임유성은 구광개를 쳐다보았다.

"나에게 강호의 예법을 가르치려 하지 마시오. 나는 내 스스로의 생각과 판단에 따라 행동할 뿐이오. 나를 당신들 뜻대로 할 수 있으리라 착각하지 말란 말이오. 내 발길을 막고자 한다면 당신들의 피를 흘리시오. 목숨을 걸란 말이오."

강대한 기세가 일어나 네 남녀를 향해 물결쳤다. 삽시간에 주위가 냉랭해지며 한기가 깔렸다.

임유성은 오른쪽으로 돌아서며 패도를 좌우 사선으로 그었다.

"날 막는 자! 죽음뿐이다!"

구주걸신은 기겁했다.

"안 돼!"

몽여빙은 급히 지면을 차며 임유성을 향했다.

"멈춰!"

무쌍개는 급히 몸으로 몽여빙을 가로막았다.

"사매."

"비켜요."

그 순간, 구광개는 재빨리 돌아서며 입술을 오므렸다.

삐— 삐이이이.

힘찬 휘파람이 권역(圈域)에 울려 퍼졌다.

4장

막강한 도세(刀勢)가 무지막지한 기세로 숲을 직격했다.

꾸아아앙!

지축이 뒤흔들리는 굉음이 터졌다.

초목이 부서지고 꺾여 땅에 쓰러졌다. 더불어 개방 제자들이 고통에 겨워 지르는 비명이 공간을 메웠다.

"으아악!"

"크악!"

뭉게구름 같은 짙은 먼지가 일어나 시야를 가렸다.

빙글.

임유성은 뒤돌아서며 패도를 들어 재차 막강한 도세를 발현했다.

도세가 숲을 때렸다.

쿠아아앙!

조금 전과 동일한 상황이 벌어졌다.

"아악!"

"끄아악!"

임유성은 땅을 밀어내며 경공으로 퇴행(退行)했다.

휘이익.

정면에 서 있는 네 남녀, 그리고 좌우 숲에서 살아남은 개방 제자들.

그들의 합공이 지신을 향할 수도 있음을 감안한 것이다.

한편, 전방에서는 개방 제자들이 성난 파도인 양 몰려오고 있었다.

우르르.

수를 헤아리기 어려울 정도로 많았다. 족히 수백여 명은 충분히 되고도 남을 것 같았다.

구주걸신은 암담한 마음으로 임유성을 향해 소리쳤다.

"멈춰! 멈추라고!"

그가 생각한 최악의 상황이었다.

무력으로 임유성을 막아야 하는 현실.

구주걸신은 악을 쓰듯 수하들에게 외쳤다.

"공격해라! 그가 무당으로 향하게 해서는 안 된다!"

피를 볼 수밖에 없는 목전의 상황에 임유성은 호기 서린 외침을 내질렀다.

"오너라! 죽고 싶은 자는 얼마든지 오너라! 내 기꺼이 죽여 주마. 나를 감당할 수 있는 자, 내 앞을 막아서라."

포효했다.

치솟는 분노를 외침으로서 내쏟았다.

일어나는 살기가 주위로 짓쳐 나갔다. 천군만마를 홀로 상대하고자 하는 강건함이 엿보이는 모습이었다. 천하에 무서울 것이 하나도 없다고 말하는 듯했다.

개방의 수뇌인 네 남녀는 가늘게 몸을 떨었다.

바르르.

임유성의 기세에 눌려 긴장감이 일고 짙은 불안감이 고개를 들었다. 개방 제자들이 엄청난 피를 흘릴 것이라는 불길한 상념이 머리를 가득 채웠다.

섬뜩하다.

네 남녀는 임유성을 보며 숨이 막힐 것 같은 질식감을 느꼈다.

임유성은 두 눈동자에 힘을 주며 정면을 노려보았다. 시야 가득히 개방의 제자들이 몰려오고 있었다.

개 떼라고 말해도 될 만큼 엄청난 수였다.

몽여빙은 고개를 돌려 주변을 살피며 거친 목소리로 말했다.

"길이 너무 좁아!"

무쌍개는 의외로 침착했다. 임유성과 몰려오는 개방 제자들을 살폈다.

"타구대진을 포진하기에는 지형이 안 좋아. 이리되면 무조건 인해전술밖에 없는데."

구광개는 입술을 질끈 깨물었다.

"후개, 어쩔 수 없네. 희생을 각오하고 저자를 막을 수밖에……."

구주걸신은 참담한 표정을 지으며 고통스러운 목소리로 말했다.

"일이 이리되다니. 일이 이리되어서는 아니 되는데……."

구주걸신은 임유성의 양보를 얻어 내려 했다. 복수심으로 일어날 수 있는 일을 말해 임유성을 일깨우려 했다.

그는 임유성이 능히 앞뒤를 가려 생각하며 대의를 따를 사람이라 보았다.

하나 그것은 어디까지나 구주걸신, 그의 생각일 뿐이었다.

간혹 강호에서는 대의를 들먹이며 특정인에게 참고 또 참으라고 말한다. 그러고는 그를 가리켜 대인이니 의인이니 대협이니 말하며 추켜세운다.

물론 참는 이도 있을 것이다. 하지만 사람은 제각기 다 다르다. 참지 않는 자도 있다. 자신이 왜 참아야 하는지 반문하는 이도 있을 수 있다.

임유성은 강호 대의 따윈 안중에도 두지 않았다. 자신이 왜 대의를 생각해야 하는지, 살아오면서 그 누구에게도 빚을 지지 않았는데, 은원만 챙기려고 하는데…….

대협 따윈 되고 싶지도, 될 마음도 없었다.

"왜 내가 참아야 하지?"

임유성의 심중에는 그런 물음이 가득했다.

"나는 낭인이다. 낭인은 자신의 목숨만 챙기면 그뿐. 그리고 맡은 의뢰만 수행하면 돼."

임유성은 받은 대로 돌려주고자 할 뿐이었다.

그것은 잘못된 것이 아니지 않는가?

호북 무당산으로 이어지는 죽산의 관도에서는 처절한 사투가 한창 이어졌다.

관도는 수많은 붉은 비단을 깔아 놓은 것 같았다.

뜨거운 김이 모락모락 나는 선혈이 개울이 되어 홍건히 흘러내렸다. 거지들의 시신이 발 디딜 틈도 없이 빼꼭히 땅을 뒤덮었다.

그 탓에 개방 제자들의 움직임이 지체되고 방해를 받았다.

죽은 동문들을 함부로 밟고 지나갈 수는 없는 노릇.

그들은 시신을 피해 걸음을 떼었다. 하지만 발을 디딜 수 있는 공간이 너무 협소했다.

자연 개방 제자들의 선두와 후미 사이의 거리가 벌어졌다.

임유성은 거침없이 닥치는 대로 몰려오는 개방 제자들을 죽여 나갔다.

패도가 쉴 새 없이 공간을 스치고 지나쳤다.

슈, 슈, 슈악.

개방 제자들의 비명이 고공을 덮을 듯 끝없이 메아리쳤다.

"으아아아악!"

패도는 임유성을 한 점으로 팔방의 도세를 점했다. 일정한 공간을 만들고 규정 지어, 그 안으로 들어서는 거지들을 무차별적으로 참살했다.

도광이 연이어 번뜩이고 붉은 피가 쉴 새 없이 허공으로 튀며 붉은 꽃잎이 되었다.

개방 제자들은 압도적인 숫자임에도 임유성을 막지도, 피하지도 못했다. 관도가 받아들일 수 없는 과도한 숫자는 서로의 행동을 방해하는 장애 요인일 뿐이었다.

그에 반해 임유성은 움직일 수 있는 최소한의 허공을 확보하고 바람처럼 움직였다.

원활하고 기민하며 경쾌한 동작과 행동이 공간을 누볐다.

"……."

구주걸신은 창황망조하며 할 말을 잃었다.

벌써 삼백여 명이 검하고혼(劍下孤魂)이 되었다. 그럼에도 불구하고 임유성의 옷자락 하나 어쩌지 못하고 있었다.

"이럴 수가…… 아무리 강하다고는 하나 고작 일인이거늘."

구주걸신은 애초 임유성이 단신이라는 것을 감안했다.

비록 개방 제자들도 어느 정도는 죽을 것이나, 최악의 상황을 감안해 반 남짓 죽을 수 있다고 가정했다. 대신 임유성을 확실히 제압할 수만 있다면, 기꺼이 치를 가치가 있는 희생이자 대가라고 여겼다.

그런데 막상 모든 것이 눈앞에서 일어나는 현실이 되고 보니, 자신이 얼마나 무의미한 가정을 했는지 절실히 깨닫게 되었다.

"강해도 너무 강해……."

구주걸신은 넋두리처럼 중얼거렸다. 그는 임유성이 화산과 종남을 피로 씻은 것을 나름 분석하며 곰곰이 생각했다.

'종남파는 몰라도 화산파는 우리 개방보다는 무력에서 앞선다. 그런 화산파를 이자는 짓밟아 버렸다. 하지만 곧바로 종남파를 피로 물들였다. 지쳤을 것이다. 그사이 운기조식으로 피로를 풀고 내공을 수습했다고는 하지만, 분명 무리가 뒤따를 것이다.'

구주걸신은 임유성이 온전한 상태가 아닐 것이라 여기고 승부수를 죽산에 걸었다. 한데 지금 그의 두 눈동자에 들어오는 광경은 예상과는 달라도 너무 달랐다.

거침이 없었다. 손속에 정이라고는 단 한 점도 찾아볼 수 없다. 잔혹하며 비정했다. 망설임도 주저함도 없다.

앞을 가로막으면 죽는다.

스스로가 세운 뜻에 매우 충실했다.

죽어가는 개방 제자들의 처절한 비명이 끝없이 울려 퍼졌다.

"으아악!"

"크악!"

임유성은 두 눈동자를 반짝였다. 개방 제자들의 수는 너무나 많았다.

'수를 줄여 놓아야 한다. 이대로 계속 싸움이 이어지다가는 내가 오히려 궁지에 몰린다.'

임유성은 재빨리 단전에서 천마무적신강의 공력을 끌어올렸다.

쿠아아아.

강대하며 웅혼한 기운이 일었다. 기운은 광포한 물살이 되어 경맥과 기경으로 뻗었다.

드넓은 초원을 내달리는 야생마 무리들 같았다.

임유성은 공력을 패도에 모았다.

패도는 작은 빛을 번득이며 대기를 갈랐다.

반짝반짝.

강대한 기운이 우러났다. 기운은 주위에서 몰려오는 거지들을 향해 물결쳤다.

거지들은 멈칫멈칫했다.

무형의 기운이 느껴졌기 때문이다. 몸을 내리누르는 묵직한 압박감이 일었다. 대기가 짓눌리고 흐름이 흐트러지며 호흡이 가빠졌다.

거지들은 불안한 표정을 지으며 불길한 기운에 움칫움칫했다. 금방이라도 무슨 일이 터질 것 같은 긴박감이 느껴졌다.

그들의 귀에 권역(圈域)을 떨어 울리는 일성이 들렸다.

"파황(破荒)의 뇌(雷)여, 내 앞에 자리한 적을 멸하라!"

임유성은 패도를 하늘로 던졌다.

슈우우우욱.

패도는 일직선의 경로로 높이 치솟았다.

임유성은 시선을 바닥에 깔듯 내리뜨렸다.

그러고는 두 손을 가슴으로 들며 비스듬히 붙였다. 엄지와 검지가 닿았다. 검지와 엄지 사이가 벌어지며 삼각의 형태를 띠었다.

순간, 천마무적신강이 발현했다.

푸—화아아아아!

강대무비한 힘이 임유성을 한 점으로 하여 반경 일 장의 공간을 잠식했다.

빛이었다.

찰나에 뿜어진 눈부신 섬광은 삽시간에 불어나 반구형이 되었다. 코앞에서 일출을 마주하여 눈을 뜰 수 없는 광경이 연상되었다.

반경 일 장에 있는 모든 것이 눈 깜짝할 사이에 바스러지고 으스러져 가루가 되어 흩날렸다.

극강지경에 이른 신공의 질주에 지척에 있는 거지들이 무력하게 날아갔다.

바람에 떠밀려 저 멀리 날아가는 나뭇잎처럼.

"끄아아악!"

"으아악!"

귀가 먹먹해질 것 같은 비명이 줄달음질쳤다.

콰앙! 쾅!

거지들이 땅으로 패대기쳐졌다. 그들은 미세하게 경련하며 사지를 늘어뜨렸다.

일어나는 거지는 없었다.

까마득히 높은 고공 한 점에서 아주 작은 빛이 번뜩였다.

반짝.

구주걸신, 몽여빙, 무쌍개, 구광개는 아연실색한 얼굴을 들어 하늘을 보았다.

억만 관의 힘이 그들이 서 있는 관도를 내리누르는 듯한 느낌이 들었기 때문이다.

다들 불안해했다.

고오오오오—

아스라이 울리는 파공음이 메아리쳤다. 그와 함께 미증유의 힘이 낙뢰처럼 일순간 내리꽂혔다.

하늘이 땅으로 내려앉는 듯한 착각이 들었다.

"아……."

"피, 피……."

말이 나오지 않았다.

파천뢰(破天雷).

절대자 목영경이 남긴 절대지력 중 하나가 관도를 강타했다.

쿠─와─아아아앙!

지근에 있던 두 거지의 육신이 산산이 터져 나갔다.

"으아아아아!"

직접 몸에 맞은 것이 아니었음에도 극강한 힘이 그들을 휩쓸었다.

관도에 몰려 있던 개방 제자들의 몸이 터져 나가며 사위에 흩어졌다.

미처 비명을 지를 겨를이 없었다.

"……."

전역은 파천뢰가 강타한 굉음만이 울릴 뿐, 이렇다 할 소리는 없었다.

화아아아아악.

먼지가 일어 폭풍인 양, 짙은 황사바람인 양 사방팔방을 촌각에 뒤덮었다.

몰살.

아비규환의 참혹함은 무언으로 말하고 있었다.

살아남은 개방 제자는 아무도 없었다.

"......"

구주걸신은 그 광경에 두 눈을 화등잔만 하게 부릅떴다. 그는 피리하게 질린 얼굴로 와들와들 떨었다.

입이 자신도 모르게 벙긋벙긋거려졌지만, 너무 놀라 말이 나오지 않았다.

몽여빙과 무쌍개는 얼이 빠진 듯 멍한 얼굴이었다. 그녀는 사시나무처럼 온몸을 경련했다.

"......"

구주걸신은 자신도 모르게 소리쳤다.

"안— 돼—에에!"

고통스러운 일갈이 터졌다.

구광개는 이를 연이어 부딪쳤다.

따다닥.

그는 경악실색하며 넋을 놓았다. 참담하게 일그러진 얼굴에 강한 불신의 빛이 넘실거렸다.

임유성은 이를 악물었다.

경맥과 기경이 끊어질 듯 팽팽하게 당겨지고 공력이 삽시간에 줄어들었다. 단전의 바닥이 드러날 듯했다.

'조금만…… 제발 조금만 더 지금의 상태를……'

임유성은 머릿속으로 간절히 갈구했다. 그의 시선이 서너 장 떨어진 관도에 꽂혀 있는 패도로 향했다.

"후—"

임유성은 호흡을 고르며 자세를 풀었다. 그러고는 패도를 향해 천천히 발을 떼었다. 그는 걸어가며 마주 서 있는 네 남녀를 무심히 바라보았다.

"가로막으면 죽는다고 말했어."

구주걸신은 허탈한 표정을 지으며 암울한 눈으로 임유성을 보았다.

"이리될 줄이야. 저자가 이리 강할 줄이야."

그는 자신의 오판이 가져온 결과에 죽고 싶은 마음이었다. 감당할 수 없는 극심한 피해를 입었다. 죽은 개방 제자들 수가······.

몽여빙과 무쌍개는 패도를 챙기는 임유성을 지켜보았다. 어찌할 엄두가 나지 않았다.

그때였다.

"우아아아!"

구광개가 전력을 다한 경공으로 임유성을 향해 짓쳐 들었다.

쉬아아악.

몽여빙과 무쌍개는 다급한 목소리로 외쳤다.

"안 돼요, 사숙!"

"위험합니다!"

두 사람은 급히 구광개를 향해 신형을 날렸다.

구주걸신은 허망한 마음에 멍하니 굳어 있었다. 죽은 개방 제자들이 너무 많았다.

구광개는 자신이 익힌 개방의 백결연화신공(百結蓮花神

功)을 운공했다.

그는 두 손에 공력을 모아 임유성을 향해 내쏘았다.

"죽어라!"

증오가 물씬 배인 외침이 터졌다.

콰아아아아!

임유성은 비릿한 미소를 머금었다. 그는 신형을 튕기며 구광개를 향해 내달았다.

백결연화신공이 거리를 줄이며 신속하게 엄습해 왔다.

'그런 무공을 펼치고 아직 내공이 남아 있다고는⋯⋯.'

극심한 내공의 소모.

구광개를 그것을 염두에 두고 임유성에게 승부를 걸었다.

'허억!'

순간, 구광개는 두 눈동자를 치떴다.

백결연화신공이 임유성을 스쳐 지나갔다. 그러고는 뒤쪽에 있는 지면을 맹타했다.

콰아앙!

임유성은 구광개를 향해 속도를 줄이지 않고 쇄도했다.

'마, 말도 안⋯⋯.'

이해되지 않았다.

잔상이라면 모를까.

'설마?'

구광개는 임유성이 눈으로 쫓을 수 없는 극쾌의 속도로 움직이고 있을지 모른다 생각했다.

가만히 서 있으나, 실상은 엄청난 속도로 움직이는 부동신법의 무리(武理).

구광개는 머릿속을 주마등처럼 스치는 무리에 망연한 기색을 띠었다.

찰나, 어느새 목전에 이른 패도가 도광을 번쩍이며 구광개의 목을 훑었다.

스아앗.

몽여빙과 무쌍개는 그 광경에 기겁했다.

"사숙!"

"안 돼!"

두 사람은 황급히 착지하며 각기 권과 장공으로 임유성을 공격했다.

하지만 이미 때는 늦은 후였다.

목이 뜨뜻했다. 워낙 패도가 빨라 별다른 느낌이 들지 않았다.

구광개의 목이 우측으로 살며시 기울어졌다.

툭.

그의 목은 떨어지며 떼구루루 땅바닥을 굴렀다.

붉은 핏줄기를 뿜어내며 쓰러지는 구광개.

쿵.

임유성은 오른쪽으로 비스듬히 섰다.

그때, 권과 장공이 날아들었다.

슈, 슈아악.

임유성은 지면을 박차고 뛰어올랐다.

팍.

그는 징검다리를 건너듯 단숨에 이동했다. 날렵하고 민첩한 경공이었다.

무쌍개는 임유성이 아차 하는 순간 지척에 이르자 놀랐다.

"피해!"

몽여빙은 몸이 언뜻 굳어졌다. 움직이고 싶은데, 몸이 뜻대로 움직여지지 않았다.

촌음이었다.

번쩍이듯 나타난 임유성을 가만히 보았다.

패도가 몽여빙의 머리를 쪼갤 듯 내리그어졌다.

무쌍개는 몽여빙을 돌아보며 목젖이 보일 정도로 고함쳤다.

"사매!"

그는 혼신을 다해 경공을 시전했다. 거리가 지척이라 무쌍개는 눈 깜짝할 사이에 몽여빙에게 이르렀다.

몽여빙은 몸을 거세게 부딪치는 무쌍개에게 떠밀렸다.

"아악!"

그녀는 우측으로 튕겨졌다.

순간, 무쌍개의 비명이 들렸다.

"으아아아악!"

몽여빙은 넘어지며 고개를 들어 무쌍개를 보았다.

"사형!"

그녀는 눈에 보이는 광경에 소스라쳤다.

무쌍개의 왼팔이 하공으로 떠올랐다. 그와 함께 붉은 선혈이 흩뿌려졌다.

임유성은 어느새 무쌍개의 목전에 서 있었다.

퍼억!

왼발로 무쌍개의 상체를 밀어 찼다.

꽈당.

떼굴떼굴.

무쌍개는 넘어지며 땅을 굴렀다.

몽여빙은 급히 일어나며 무쌍개에게 몸을 날렸다.

"사―형!"

임유성은 무쌍개에게 몸을 날리는 몽여빙을 힐긋 흘겨보았다.

일순 패도가 사선으로 몽여빙을 그었다.

그때였다. 구주걸신의 외침이 권역(圈域)을 떨어 울렸다.

"그만!"

임유성은 멈칫하며 패도를 멈추었다. 그는 구주걸신을 쳐다보았다.

시야에 구주걸신이 경공으로 다가와 무쌍개 곁에 내려서는 모습이 보였다.

구주걸신은 슬픈 표정을 지으며 황급히 무쌍개의 왼쪽 어깨를 점혈했다. 그러고는 다가온 몽여빙에게 말했다.

"돌봐주어라."

"사부님……."

몽여빙은 눈물을 글썽거리며 구주걸신을 쳐다보았다.

구주걸신은 차마 몽여빙을 볼 수 없었다. 그는 고개를 돌려 임유성을 쳐다보았다.

그는 악을 쓰듯 외쳤다.

"이럴 것까지야…… 이럴 필요까지는 없지 않은가? 우리 개방이 자네와 무슨 원한이 있다고 이리 모질게 손을 쓰는가? 우리와 자네가 무슨 철천지원수라도 되느냐 말이야!"

임유성은 흠칫했다. 그는 천천히 냉소를 지으며 구주걸신에게 말했다.

"이미 경고했소이다. 내 앞을 가로막으면 죽인다고!"

서릿발 같은 살기가 뻗쳤다. 살기는 가시들이 동시에 일어나 사방을 뒤덮어 가는 것 같았다.

구주걸신은 잔떨림을 흘리며 한 발 뒤로 물러났다. 그는 분노가 가득한 눈으로 임유성을 보았다.

"자네의 원한으로 얼마나 많은 이들이 죽어야 하는가? 자네가 원한을 품은 것은 구파가 아닌가? 경혼조와 연관이 있는 모든 사람을 모조리 다 죽일 작정인가?"

"누누이 말했음에도 아직 내 말을 못 알아들은 것 같습니다, 방주. 내가 걸어가는 길을 막으면 오직 죽음뿐!"

지독한 살심이 느껴지는 목소리였다.

구주걸신은 파르르 떨며 성난 표정을 지었다.

· "강호를 피바다로 만들 작정인가? 자네의 원한으로 강호를 혼란의 구렁텅이로 떨어뜨릴 작정인가? 우리 중원이 새외 세력에게 무릎을 꿇고 그들의 지배를 받아야 하겠는가? 자네만 발길을 돌려주면…… 내 약속하겠네. 구파와 무림맹으로 하여금 자네에게 사죄하게 하겠네. 그들의 넋을 위로함은 물론, 그들이 세운 공적을 천하에 알려 모든 강호인이 그들에게 감사하도록 하겠네."

임유성은 고개를 들며 파안대소했다.

"으—하하하하!"

구주걸신과 무쌍개, 그리고 몽여빙은 임유성을 쳐다보았다.

뚝.

임유성은 파안대소를 그치며 구주걸신을 노려보았다.

"경혼조가 겪은 고통을 그따위 것으로 위로할 수 있다고 생각하지 마시오, 방주. 그토록 경계하는 천존부의 부주, 천존 또한 경혼조의 생존자요. 그가 왜 중원을 공격하고자 하는지, 이제는 짐작이 가실 것이오. 그는 복수를 꿈꾸고 있소. 나 역시 구파와 무림맹을 이 세상에서 지워 버릴 작정이오. 경혼조에서 살아남은 생존자 중 한 사람의 후인이었던 장손벽하를 죽이고 나에게 그 살인의 누명을 씌운 구파와 무림맹을 없애 버릴 것이오. 막아서는 자는 누구를 막론하고 아무도 살려 두지 아니할 것이오. 막으면…… 죽음뿐!"

임유성의 거센 분노가 권역을 휘몰아쳤다.

"……."

구주걸신은 혼비백산했다. 그는 임유성의 외침에 넋이 나간 표정을 지으며 뒷걸음질쳤다.

터, 틱.

경악과 충격으로 공황에 빠졌다.

무쌍개를 돌보던 몽여빙은 두 눈동자를 동그랗게 떴다. 귀에 들린 임유성의 목소리를 다 들었다.

그녀는 급히 스승인 구주걸신에게 보았다.

"사, 사부님…… 설마 저를…… 저를 속이신 것이에요?"

구주걸신은 몽여빙을 돌아보았다. 그는 떨리는 목소리로 몽여빙을 불렀다.

"여빙아……."

몽여빙은 구주걸신을 쏘아보며 날카로운 목소리로 자지러질 듯 말했다.

"왜 말씀해 주시지 않으셨어요! 저 사람이 경혼조 생존자의 후인이라고 왜 말해 주지 않았느냐고요!"

몽여빙은 고개를 임유성에게 돌렸다.

휙.

그녀는 오른손 검지를 들어 임유성을 가리켰다.

임유성은 어리둥절했다.

구주걸신은 말을 더듬었다.

"나, 나는…… 가, 강호를 위해……."

구주걸신의 더듬거렸다.

몽여빙은 매서운 눈초리로 구주걸신을 노려보았다.

"나는 저 사람이, 낭인들이 벽하 언니를 죽였다고 생각했어요. 아시겠어요? 그런데 그게 다 거짓말이었어요. 뭐가 강호를 위해서예요? 그토록 감추는 경혼조에 관한 비밀이 무엇인데. 이렇게 많은 사람들이 죽어 나가야 하느냐고요! 왜—요!"

임유성은 몽여빙은 보며 천천히 말했다.

"궁금하다면…… 과거 원 말…… 경혼조는 그렇게 이용당하고 버려진 것……."

임유성의 목소리는 잔잔하나 짙은 살의를 품었다.

구주걸신은 황급히 임유성을 향해 소리쳤다.

"그만, 그만하게."

그는 임유성의 입을 막고자 했다. 하지만 임유성의 입을 막기 위해 움직이지는 않았다.

파천뢰(破天雷).

그 절대의 힘을 두 눈동자로 똑똑히 보았다. 그도 펼칠 수 없는 절대의 무력이다.

구주걸신은 은연중에 임유성을 어떻게 할 수 없는 강자로 받아들였다.

숫제 말로 겁먹었다.

몽여빙은 구주걸신을 원망스러운 눈으로 노려보았다.

구주걸신은 몽여빙의 눈길에 뭐라 말을 하고 싶었다.

"여빙아."

"……."

"여빙아."

"……."

몽여빙은 구주걸신을 말없이 노려보았다.

잠시 후, 임유성의 말이 끝났다.

몽여빙은 천천히 일어났다.

무쌍개는 고통으로 얼굴을 일그러뜨리며 몽여빙을 쳐다보았다.

"사매……."

"……."

몽여빙은 말없이 고개를 돌려 무쌍개를 내려다보았다. 그녀의 얼굴에 비장한 빛이 감돌았다.

무쌍개는 몽여빙은 잠시 바라보더니 천천히 두 눈을 감았다. 필경 사매 몽여빙이 일을 저지를 것이다.

아니나 다를까.

무쌍개의 귀로 몽여빙의 단호한 목소리가 들렸다.

"개방 팔결 장로로서 말해요. 우리 개방은 경혼조와 아무 상관이 없어요. 그와 무관함에도 불구하고 방주의 독단으로 무고한 개방 제자들이 이곳에서 무참히 죽었어요. 왜 우리 개방 제자들이 구대문파가 저지른 짓 때문에 죽어 나가야 하나요? 방주의 어리석음 때문에 우리 개방의 제자들이 개죽음을 당하고 피를 흘렸어요."

"……."

"……정의파의 다음 대 수장으로서, 팔결장로로서…… 지금 이 시각부터 방주 구주걸신을 부정해요. 이후 개방의 장로들에게 이 사실이 통지될 것이고, 장로들이 모여 방주의 거취를 결정하게 될 거예요. 또 방주는 무고하게 죽어간 개방 제자들의 죽음과 그 피에 책임을 져야 할 거예요. 개방 정의파를 대표해서, 장로로서 방주에게 그 책임을 기필코 물을 것을 천명하는 바예요. 방이, 장로가 받아들이지 않는다면……."

몽여빙은 잠시 말을 멈추며 구주걸신을 쳐다보았다. 그녀의 눈에 보이는 구주걸신은 창황망조하여 어쩔 줄을 몰라 했다.

무쌍개는 힘없이 고개를 숙였다.

'결국…….'

그의 귀에 몽여빙의 외침이 들렸다.

"……개방은 정의파와 오의파로 갈릴 것이며, 남북개방 시대가 재현될 거예요."

"너, 너어!"

구주걸신은 소스라쳤다.

하극상이다.

다른 사람이 아닌, 제자 몽여빙에 의한 하극상.

구주걸신은 몽여빙에게 소리쳤다.

"여빙아, 지금 무슨 짓을 하고 있는 것이냐?"

몽여빙은 거칠게 구주걸신에게 돌아섰다. 그녀는 매섭게 쏘아보며 일갈했다.

"죽은 제자들에게 말씀해 보세요. 저기 저 시신들에 대고 말하세요. 왜 저들이 죽어야 하는지, 무엇 때문에 자신들의 피를 흘려야 하는지 밀이예요."

"그것은 강호대의……."

구주걸신은 말을 하다가 멈추었다. 그의 눈에 제자 무쌍개의 눈동자가 보였다.

원망과 분노, 그리고 억울하다는 감정이 담겨 찰랑거렸다.

구주걸신은 당황했다.

또 한 명의 제자가 자신을 적대적인 눈으로 바라보았다. 그의 귀로 몽여빙의 고성이 들려왔다.

"명백히 사부님의 잘못이에요! 저 수많은 개방 제자들의 죽음! 반드시 책임지셔야 할 것이에요."

구주걸신은 어처구니가 없다는 표정을 지었다.

임유성은 비웃 듯 피식 실소했다.

동이 터 오는 새벽녘.

천존부의 무사들은 용감무쌍하게 미산을 향해 맹공을 퍼부었다. 그들의 대대적인 공세에 맞서 당가를 중심으로 아미, 곤륜, 공동, 낭인들이 움직였다.

그들은 미산의 요로(要路)를 틀어막는 한편, 일사불란하게 대응했다.

낭인들이 전방에서 천존부의 공격을 몸으로 막고, 그사이 당가를 비롯한 세 문파의 고수들이 좌우익에서 천존부를 허리를 파고들었다.

검광이 번득이고 붉은 선혈이 곳곳에 뿌려졌다. 양측의 이들이 내지르는 비명과 함성으로 미산은 떠들썩했다.

"크아악!"

"물러서지 마라!"

"으악!"

"놈들을 밀어붙여!"

길을 뚫고자 하는 자들과 막고자 하는 자들 사이에 혈전이 벌어졌다.

초반에는 천존부가 주도권을 잡아 사나운 기세로 밀어붙였다. 하지만 시간이 흐르며 그들의 기세는 꺾였다. 밀어붙여도 낭인들과 당가, 그리고 세 문파는 끄떡도 하지 않았다.

전황이 서서히 변하기 시작했다.

아래에서 미산의 정상을 향해 힘차게 올려붙이던 기세가 힘을 잃었다. 반면, 정상에서 아래로 밀어붙이는 기세가 증가했다.

상황은 역전되었다.

"끄아악!"

당가의 암기를 가슴에 맞은 회의인이 나가떨어지며 가파른 언덕을 굴렀다.

한 낭인이 재빨리 우측으로 돌며 검을 휘둘렀다. 검은 한 회의인의 옆구리를 베었다.

서걱.

회의인은 고통에 멈칫했다.

"크악!"

지근에 있던 도사가 재빨리 달려들어 검을 내찔렀다.

푹.

검은 회의인의 목을 뚫었다.

회의인은 두 눈동자를 부릅뜨며 힘없이 쓰러졌다.

낭인은 히죽 웃으며 돌아섰다. 그 순간, 그의 두 눈동자가 부릅떠졌다.

슈악.

어느새 검이 등으로 짓쳐 들어 화끈한 고통을 주었다.

"끄아악!"

낭인은 상체를 숙이며 비탈길 언덕 바닥에 엎드렸다.

그를 죽인 회의인은 싱긋 미소를 지으며 돌아섰다. 그 찰나, 언제 와 있었는지 도사가 검으로 가슴을 베었다.

"크악!"

회의인은 비틀거렸다.

도사는 주저없이 검을 들어 회의인을 내리그었다.

스아악.

회의인은 붉은 선혈을 흘리며 바닥에 쓰러졌다.

찰람원주 사수붕은 답답해 미칠 지경이었다.

속이 부글부글 끓어올랐다. 들어오는 보고는 하나같이 전황이 악화된다는 것뿐이다. 그럼에도 그는 두 손을 놓고 있어야 했다.

분통이 터져 견딜 수가 없었다.

'빌어먹을.'

사수붕은 우측을 돌아보았다. 앉아 있는 나소추가 보였다. 지금은 그가 지휘 및 통솔권을 가지고 있다.

몇 번 건의를 해 보았지만, 일절 받아들이지 않았다.

굿이나 보고 떡이나 먹어라.

그렇게 행동으로 말했다.

사수붕은 나소추가 자신을 대하는 태도에 심중 이를 갈았다.

으드득.

권모술수를 부리는 자에 대한, 골수까지 무인인 자의 대응에 분기탱천했다. 게다가 서열이 위라 대놓고 직접적으로 말할 수가 없었다.

나소추는 두 손으로 탁자를 짚으며 지도를 내려다보았다. 그는 천천히 고개를 들며 사수붕을 바라보았다.

사수붕은 나소추를 내심 씹고 있었다. 그런데 나소추가
그 때 자신을 쳐다보는 것이었다.

움찔.

사수붕은 움츠렸다.

나소추는 피식 웃으며 낭랑한 목소리로 말했다.

"사제."

"네, 대사형."

"자네가 이곳을 좀 맡아 주게."

사수붕은 눈빛을 반짝였다.

"하면……."

나소추는 담담한 목소리로 말했다.

"이제 내가 나서야 할 때가 된 것 같네. 일천혈광마의 위
력을 시험해 봐야지. 후후."

"알겠습니다, 대사형."

사수붕은 공손히 고개를 숙였다.

나소추는 싱긋 웃으며 일어나 옆으로 돌아섰다. 그리고
천막 입구를 향해 걸어갔다.

사수붕은 나소추를 쳐다보았다.

나소추가 시야에서 사라지자 그는 오른발로 옆에 있는 애
꽃은 의자를 걷어찼다.

콰당탕!

그러고는 고함을 질렀다.

"십팔! 염병할 새끼! 빌어 처먹을!"

사수붕은 연방 욕설을 내뱉으며 나소추를 생각했다. 분이
풀리지 않았다. 나소추가 사형이라는 것이 미치도록 싫었다.

그렇게 얼마나 지났을까.

사수붕은 눈빛을 반짝였다. 그는 입꼬리를 옆으로 밀어냈
다.

씨익.

사수붕은 뇌리에 떠오른 상념에 강렬한 눈빛을 번쩍였다.

"크크큭, 자고로 전장에는 항상 예측불허의 일이 일어나
지. 흐흐흐……."

사수붕은 음산한 웃음을 흘렸다. 그의 두 눈동자에 짙은
살기가 서렸다.

새벽부터 이어진 싸움은 서서히 잦아들고 있었다. 양측
모두 지칠 대로 지쳐 휴식이 필요함을 느꼈다. 또한 끼니를
해결해야 할 때였다.

양측 모두 서서히 물러나며 소강 상태를 만들기 시작했
다. 싸울 때 싸우더라도 일단은 배를 채워야 한다.

당무곡은 미산의 중턱에 서서 아래를 내려다보았다. 천존
부의 이들이 빠르게 퇴각하고 있었다.

당무곡의 뒤편에 수심 사태와 구하 진인, 그리고 금양 도
장이 서서 안도의 얼굴빛을 띠었다.

"원시천존. 아무래도 오늘은 꽤 바쁠 것 같소이다."

금양 도장은 구하 진인의 말에 빙긋이 웃었다.

"하하, 하면 그전에 배를 좀 채워 두어야겠지요. 그래야 힘을 내서 또 싸울 것이 아니겠습니까?"

수심 사태는 말없이 금양 도장과 구하 진인, 그리고 당무곡을 쳐다보았다.

그녀는 내심 세 사람에 대한 강한 적개심을 품고 있었다. 그것을 알 리 없는 세 사람은 서로 한담을 나누었다.

그들은 여유로웠다.

그때였다.

미산 아래에서 별안간 함성이 들렸다.

"와아아아아!"

"공격하라!"

별안간 물러서던 천존부의 무사들이 반전하여 다시금 공격을 재개했다.

당무곡은 어리둥절했다.

조금 전까지 두 눈으로 직접 보지 않았는가.

분명 천존부의 무사들은 퇴각하고 있었는데…….

당무곡은 급히 내려다보았다.

"으응?"

시야에 천존부의 무사인 회의인들이 함성을 지르며 달려오는 모습이 보였다.

회의인들은 함성과 함께 중앙을 비웠다.

다수의 흑의인이 빈 중앙을 내달렸다.

무질서한 대형이었다. 죄다 마음 내키는 대로 행동하는, 전형적인 오합지졸이었다.

구하 진인은 아래를 내려다보며 말했다.

"허허, 어찌 저런 자들이."

당무곡의 좌측에 서 있는 금양 도장이 의아한 목소리로 말했다.

"저들의 모습이 마치 낭인들 같지 않습니까?"

당무곡은 고개를 갸웃거리며 이상하다는 목소리로 말했다.

"혹여 저들이 새외에서 별도로 낭인들을 고용한 것은 아닌지 모르겠습니다."

구하 진인은 고개를 내저었다.

"그럴 리가 있겠소이까? 가주, 내 지금까지 새외에 낭인들이 있다는 말은 못 들어 보았소이다."

당무곡은 곤륜파가 새외에 있다는 것을 상기했다.

'구하 진인이 들어 본 적이 없다면, 저들은 새외 낭인이 아니다.'

당무곡은 영문을 알 수가 없어 어떻게 대처해야 할지 곤혹스러웠다.

금양 도장은 오른쪽으로 고개를 돌려 당무곡을 보았다. 그의 눈에 당무곡의 얼굴에 떠오른 의혹이 보였다.

그는 차분한 목소리로 말했다.

"가주."

당무곡은 금양 도장에게 고개를 돌렸다.

"도장, 고견이라도……."

"일단은 낭인들을 내보내 저들을 상대하게 하는 것이 어떻겠소이까?"

"전초전을 치러 보자, 이 말씀이십니까?"

"그렇소이다. 정확히 알지 못하니, 낭인들을 통해 저들의 꿍꿍이속을 살펴보는 것이 좋을 듯하오만."

구하 진인은 고개를 끄덕였다.

"좋은 생각인 듯하오. 가주, 일단은 금양 도장의 말대로 한 번 해 봅시다."

당무곡은 고개를 가볍게 끄덕였다.

"좋습니다. 두 분이 그리 말씀하시니 낭인들을 전면에 세워 보겠습니다."

금양 도장과 구하 진인은 당무곡을 쳐다보았다. 두 사람의 얼굴에 동의의 빛이 떠올랐다.

5장

　미산에 자리한 낭인들의 우두머리인 선풍검 양주상은 눈
살을 잔뜩 찡그렸다.

　당가삼수의 막내 당무육이 흑의인을 막아 줄 것을 부탁했
다.

　당연히 양주상은 마음에 들지 않는다는 표정을 지었다.

　"당 대협, 새벽부터 지금까지 싸웠습니다. 우리도 휴식이
필요합니다."

　"미안합니다, 양 대협. 하나 적이 쳐들어오는데 마냥 두
손 놓고 있을 수는 없지 않겠습니까?"

　"당가나 다른 세 문파는 어쩌고 우리에게 나가 싸우라고
하십니까? 막말로 우리가 세 문파를 대신한 칼받이는 아니
지 않습니까?"

양주상은 심기가 불편하다는 기색을 띠었다.

당무육은 미안한 표정을 지었다.

"양 대협, 아실지 모르겠습니다만, 저희 당가는 지금 암기가 부족합니다. 그 때문에 가능한 암기를 아껴야 합니다. 초반에 암기를 너무 소모하였습니다. 그리고 아미는 그 수가 대폭 줄어들어 있으나 마나이고 곤륜과 공동이 있긴 하지만, 아시다시피 도교 문파입니다. 다들 삼청께 공양과 예를……."

당무육은 말끝을 흐리며 곤륜과 공동이 도교라는 종교 문파임을 넌지시 말했다.

'미안하오, 양 대협. 내 이러고 싶지는 않으나 위에서 내린 명이라 아니 따를 수가 없구려.'

당무육은 심중 미안하기 그지없었다.

양우진과 임유성을 통해 낭인에게 호감을 가졌다. 하지만 가주인 당무곡의 명을 거역할 수 없다. 게다가 당가삼수의 수장인 당군랑이 당부했다.

"낭인들이 필시 반발할 것이다. 그러면 이리 말하도록 해라……."

당무육은 쓸쓸해하며 작은 죄책감을 느꼈다.

양주상은 미안해하는 당무육을 가만히 보았다.

'제기랄, 저 얼굴에 대고 성을 낼 수도 없고. 썩을…….'

양주상은 당무육의 안색을 곡해했다.

깊이 생각하지 않았다. 그 또한 낭인이다. 대개의 경우, 낭인은 단순하고 무식하며 과격하고 격렬하다.

결국 양주상은 당무육의 말을 받아들였다. 그것이 치명적인 실수였다.

낭인들이 상대할 상대는 일천혈광마다.

피와 죽음, 그리고 공포의 병기인 실혼인인 것이다.

일다경 후, 지옥에나 있을 법한 광경이 펼쳐졌다. 상대는 가파른 경사의 언덕을 치달았으며 치고 올라갔다.

낭인들은 사력을 다해 그들을 막으며 밀어내려 했지만, 헛일이었다.

"끄아악!"

"우악!"

낭인들은 죽어 나갔다.

변변한 저항조차 해 볼 수 없었다. 그들이 상대하는 일천혈광마는 막강했다.

검이나 도로 몸을 베어도 끄떡하지 않았다. 운 좋게 그들의 몸에 검을 쑤셔도 아랑곳하지 않았다.

아예 고통을 느끼지 못하는 듯 무자비한 손속으로 낭인들을 주살했다.

"크악!"

"크르르."

일천혈광마는 눈에 띄는 대로 낭인들을 죽였다.

권과 장력이 공간에 난무했다.

꽈, 꽈앙!

사방에서 폭음이 들렸다. 지면이 터져 나가고 낭인들이 선혈을 흩뿌렸다.

"피해!"

"우리 상대가 아니야!"

"물러서!"

낭인들은 무력했다. 맞서 싸울 투지를 잃었다.

압도적인 강함, 고통을 모르는 섬뜩함.

낭인들은 부지불식간에 심신이 제압되어 움직임이 현저히 느려졌다.

양주상은 그 광경에 경악실색했다.

"허억!"

일천혈광마는 도저히 어떻게 해 볼 수 없는 상대였다.

양주상은 사방을 둘러보며 소리쳤다.

"퇴각, 퇴각하라!"

낭인들은 서둘러 물러나며 일천혈광마와 거리를 벌렸다.

하나 일천혈광마는 도주를 허용하지 않았다.

그들은 민첩하게 퇴각하는 낭인들 사이를 파고들었다.

부와악.

한 혈광마의 손이 뻗었다. 손은 돌아서서 내달리던 낭인의 등을 꿰뚫었다.

콰드득.

낭인의 늑골이 단번에 부러졌다.

낭인은 고통에 고개를 들었다.

"으아아악!"

드러난 낭인의 목을 향해 혈광마의 다른 손이 뻗었다.

퍽!

목이 허무하게 꿰뚫렸다.

낭인은 두 눈동자를 동그랗게 뜨며 머리를 떨어뜨렸다.
몸이 부들부들 경련했다.

그는 힘없이 땅바닥으로 쓰러졌다.

털썩.

혈광마는 낭인의 모습에 기분이 좋은 듯 낮은 괴소를 흘
렸다.

"크르르……."

그 시각, 죽은 낭인의 우측, 얼마 떨어지지 않는 곳에서
다른 낭인이 달아나고 있었다.

낭인은 뒤쪽에서 느껴지는 기척에 돌아서며 검을 횡으로
그었다.

어느새 바짝 다가온 한 혈광마의 가슴이 검에 베였다. 검
은 우상에서 좌하로 이어진 뚜렷한 검상을 남겼다.

스으웃.

낭인은 짙은 의문의 눈빛을 띠었다.

'무, 무슨?'

붉은 선홍빛 피가 흘러나와야 하는데 아무런 반응이 없었다.

낭인은 어리둥절한 표정을 지었다.

혈광마는 나지막한 괴소를 흘렸다.

"크크크……."

혈광마는 왼손을 들어 낭인의 가슴을 격타했다.

낭인은 마음이 급해 검으로 혈광마의 좌측 어깨를 내려쳤다.

쉿.

혈광마는 왼손으로 낭인의 검을 향해 내밀며 막았다.

콰드득, 빠짝.

검신이 산산이 부서졌다.

"허억!"

낭인은 놀라 두 눈을 동그랗게 떴다. 그는 황당한 얼굴로 혈광마를 보았다.

"어떻게 이럴 수가……."

혈광마는 그사이 두 손을 들어 낭인의 어깨를 움켜잡았다.

손가락이 견골을 깊이 파고들었다.

낭인은 고통스러워했다.

"끄아악!"

혈광마는 비명을 지르는 낭인의 목에 얼굴을 들이밀었다.

그러고는 이빨로 물어뜯었다.

콰악, 으드득.

혈광마는 낭인의 피를 빨았다.

쯔읍, 즙. 꿀꺽, 쯔읍.

소름 끼치도록 나직한 소리가 들렸다.

주위에서 퇴각하던 다른 낭인들이 그 광경을 보았다.

"우아아아아!"

"도망쳐!"

"저놈들은 마물이야, 마물!"

낭인들은 혼비백산했다.

다들 겁에 질릴 대로 질렸다. 그들은 마치 귀신을 본 사람처럼 사력을 다해 정신없이 도망쳤다.

양주상은 그 광경을 다 지켜보았다. 그는 망연자실해 어쩔 줄을 몰라 했다.

낭인들이 무질서하게 달리고 있었다. 그 후미에서는 나소추가 데리고 온 일천혈광마가 낭인들을 쫓았다.

승산은 일천혈광마에게 기울었다. 그것을 돌이키기엔 낭인들은 너무 무력했다.

양주상은 넋 나간 사람인 양 중얼거렸다.

"끄, 끝장이야……."

눈앞에 보이는 일천혈광마를 어떻게 해 볼 수 있는 수단이 그에게는 없었다.

당무곡은 어이가 없다는 눈빛과 함께 침중한 표정을 지었다.

구하 진인과 금양 도장은 할 말을 잃고 망연해했다.

수심 사태의 얼굴이 딱딱하게 굳어졌다.

당무곡은 도망쳐 오는 낭인들을 물끄러미 바라보았다.

낭인들을 탓하고 싶지 않았다. 낭인들이 상대한 일천혈광마들은 너무 강하고 끔찍한 마물이었기 때문이다.

당무곡은 고개를 뒤돌렸다.

서 있는 당군선과 당군병, 그리고 당군랑이 보였다.

당무곡은 그중 당군병을 보았다.

"군병아."

당군병은 눈매를 번득였다.

"필요하십니까?"

당무곡은 말없이 고개를 끄덕였다.

"……."

당군병은 천천히 돌아서며 걸어갔다.

나소추는 미산으로 치고 올라가는 일천혈광마와 쫓기는 낭인들을 바라보았다.

낭인들이 살겠다고 도망치는 모습이 보기에 안쓰러웠다.

무질서하게 흩어지고 넘어졌다.

정신이 없다는 것을 한눈에 알 수 있었다.

개중 재수없는 낭인은 일천혈광마에게 덜미가 잡혀 몸이 갈가리 찢어졌다.

끔찍하기 짝이 없는 광경이었다.

나소추는 득의에 찬 표정을 지었다.

"대단해. 저들만 있다면 세상에 겁날 것이 없겠어. 과연 사부님이 애지중지하실 만해. 무적이라고 해도 과언이 아니겠어."

나소추는 일천혈광마의 위력에 강한 끌림을 느꼈다.

그 또한 뜨거운 피가 흐르는 무인이었다. 마음 한구석으로 꺼리는 바가 없지는 않으나, 천존부와 스승을 위해서라면 어쩔 수가 없다.

시간이 꽤 지났다.

일천혈광마의 맞은편에 세 명의 녹의인이 나타났다. 녹의인들은 이제 막 장년으로 들어서는 듯 보였는데, 온몸에 은은한 검은빛이 감돌았다.

진하면서도 칙칙한 느낌.

녹의인들은 독인이었다.

그들은 일천혈광마와 대치했다. 체내의 독기를 끌어 올리는지 주변으로 짙은 묵기가 일어나 일렁거리기 시작했다.

묵기는 세 녹의인을 감쌌다.

츠츠츳.

녹의인들 주변에 있는 초목이 빠르게 말라 가며 누렇게

떴다.

푸시식.

일천혈광마는 세 녹의인을 무의식적으로 경계했다. 본능이었다. 녹의인들이 자신들을 위협할 수 있는 존재라는 것을 느낀 것이다.

일천혈광마는 땅에 깔릴 듯한 낮은 소리를 흘렸다. 독인에 대한 위협이자, 나는 너보다 강하다는 무언의 시위였다.

일천혈광마는 인성을 상실하여 짐승이나 다를 바가 없었다.

하여 본능에 매우 충실했다.

녹의인들은 일천혈광마를 노려보았다. 강렬한 적의를 드러내며 살기 띤 눈빛을 번득였다.

일천혈광마 역시 적의를 느끼고는 녹의인들을 향해 적대적인 기세를 뿜었다.

경고를 하였음에도 녹의인들이 살의를 내비쳤다.

"크르르."

일천혈광마는 낮은 소리를 흘렸다.

부딪치기 직전의 일촉즉발의 상황에서 먼저 움직인 것은 녹의인들이었다.

그들은 일천혈광마를 향해 도약했다.

휘—획.

일천혈광마의 선두에 서 있던 몇몇 혈광마가 반응했다.

그들은 거의 동시에 뛰쳐나갔다. 그 뒤를 다른 혈광마들이 따랐다.

거리가 빠르게 줄었다.

나소추는 녹의인들을 보며 미간을 찌푸렸다.

녹의인들이 독력, 묵기를 보며 못마땅한 목소리로 중얼거
렸다.

"당가, 참으로 대단하구나. 언제 저런 독인들을……."

나소추는 감탄과 분노, 그리고 염려가 뒤섞인 표정을 지
었다.

그는 녹의인들의 정체를 꿰뚫어 보았다. 머릿속에서 독과
암기의 명가인 사천당가가 떠올랐다.

독한 성정과 음험함.

강호인들이 당가의 사람들을 언급할 때 항상 따라붙는 말
이다.

나소추는 일천혈광마와 교전하는 녹의인들을 보며 걱정스
러워했다.

"과연 일천혈광마가 독인들을 감당할 수 있을지……."

불안했다.

비록 수는 일천혈광마가 많지만, 상대는 독인이다. 그것
도 무려 세 명. 독인들이 내쉬는 숨 자체가 치명적인 독이
나 마찬가지다.

더욱이 일천혈광마는 독에 대한 내성이 없다. 고통과 감
정을 느끼지 못하도록 마비되었을 뿐, 사실상 독에는 무방

비인 것이다.

나소추는 나직이 중얼거렸다.

"추후 부에서 만드는 일천혈광마는 독에 대한 대비를 해
야겠군. 으음."

나소추는 눈빛을 반짝였다. 그의 시야에 독인들과 일천혈
광마가 치열하게 싸우는 광경이 보였다.

일천혈광마들은 거리낌없이 녹의인들에게 달려들었다.

녹의인들은 몰려드는 일천혈광마를 향해 묵기를 내쏘았
다.

츠으으읏.

묵기는 스치는 모든 것을 녹였다.

나뭇잎과 땅바닥을 뒤덮다시피 한 잡초들이 삽시간에 누
렇게 변하며 녹아내렸다.

묵기에 격타당한 혈광마들 중 몇이 땅바닥으로 나가떨어
졌다.

쿠당탕!

혈광마들의 가슴에는 시커먼 장인(掌印)이 찍혀 있었다.
그들은 가슴이 타들어 가는 고통을 느끼는지 괴성을 질렀다.

"크악!"

"끄아아아아!"

혈광마들은 격렬하게 뒤척거렸다. 가슴이 서서히 녹아갔
다.

녹의인들은 흩어져 일천혈광마를 맹렬히 공격했다.

일천혈광마는 자연스럽게 세 무리로 갈라졌다.

그들은 녹의인들에게 달려들었다. 동료들이 묵기에 당해 쓰러짐에도 아랑곳하지 않았다. 연방 괴성을 지르며 녹의인들을 붙잡아 찢어 죽이려고 했다.

독장이 뻗어 나갔다.

후화앙.

그러고는 짓쳐드는 세 혈광마를 때렸다.

꽈, 꽈앙!

혈광마들은 껑충 튕겼다. 그러고는 넘어지며 비탈길을 굴렀다.

일천혈광마들은 녹의인들보다 수가 많았다. 그 때문에 몇몇 혈광마가 녹의인들 지척에 다다랐다.

혈광마들은 녹의인들을 향해 두 손을 뻗었다. 그들이 녹의인들의 팔과 어깨를 잡는 순간, 묵기가 손목과 팔뚝으로 스며들었다.

일렁거리며 빠르게 혈광마들에게 옮아갔다.

혈광마들은 고통스러운 괴성을 지르며 고개를 들었다.

"끄아아아악!"

독인들을 붙잡은 손이 촛농처럼 녹았다.

주르륵.

혈광마들의 팔뚝이 녹고 곧 드러난 뼈가 녹아내렸다. 주변으로 매캐한, 아주 불쾌한 냄새가 퍼졌다. 독에 의해 사람의 육신이 녹아드는 냄새는 시신을 화장할 때 나는 냄새를 연상시켰다.

녹의인들은 각기 권장(拳掌)으로 일천혈광마들을 후려쳤다.

쾅, 꽈앙!

혈광마들은 어쩔 수 없다는 듯 나가떨어지며 아래로 굴렀다.

녹의인들은 신속하게 움직이며 혈광마들을 향해 독력을 머금은 공격을 퍼부었다.

그때마다 묵직한 타음(打音)이 울렸다. 묵기에 격타당한 부위는 맞자마자 녹아내리기 시작했다.

츠으으읏.

독력이 이만저만 강한 것이 아님을 알 수 있는 광경이었다.

혈광마들의 고통스러운 괴성을 질렀다.

"크아앙!"

"크왁!"

혈광마들의 수가 빠르게 줄어들었다.

녹의인들의 가공할 독공은 혈광마들을 압도하며 유린했다. 상황은 녹의인들에게 유리하게 돌아갔다. 그들은 선기를 잡았다고 생각한 듯 일천혈광마들을 매섭게 몰아붙였다.

당무곡은 교전을 예의주시하고 있었다. 그의 좌우에 서

있는 구하 진인과 금양 진인은 의기양양했다.

"하하, 과연 당가올시다. 저런 이들이 있었다니."

"껄껄, 저들이 있으니 이제 한시름 놓겠소이다."

수심 사태는 다소 떨어진 서남방에 서 있었다. 그녀는 일 천혈광마와 싸우는 녹의인들을 몹시 꺼리는 눈으로 바라보았다.

'당가에 저런 힘이 있었다니.'

수심 사태는 가슴이 철렁 내려앉았다. 시야에 보이는 녹의인들은 아미파가 상대했을 수도 있었다.

아미와 청성, 두 문파가 당가를 압박했으니.

수심 사태는 불안한 기색을 띠었다.

'당가의 힘이 생각 이상이다.'

수심 사태는 향후 사천에서 당가가 독주할 것이라 생각했다. 그러자 그녀가 이끄는 아미의 장래가 걱정스러웠다.

'하나 그리되어서는 아니 될 일. 우리 아미가 당가에 밀릴 수는 없다. 으음……'

수심 사태는 아미파의 미래를 걱정하며 곁눈으로 당무곡을 흘깃거렸다.

'음흉한 자. 저런 힘이 있으면서도 그간 침묵하며 몸을 낮췄다니.'

수심 사태는 경계의 눈빛을 띠었다.

당무곡은 걱정스러운 표정을 지었다. 수가 열세다. 녹의인들을 둘러싼 일천혈광마의 수가 빠르게 줄고는 있었지만, 그래도 여전히 수가 많았다.

'으음, 독인이라고 해서 무한한 것이 아니거늘.'

당무곡은 독인의 독력에도 한계가 있음을 직시했다.

독인들은 꾸준히 각종 독을 복용한다. 그들은 복용한 독의 힘, 독력을 단전에 응축시켜 일종의 독단을 형성했다. 어떻게 보면 원정내단의 한 종류로 볼 수 있다.

그리고 유사시 독단에서 독을 뽑아 상대를 격살한다. 독단에서 뽑아낼 수 있는 독력은 유한한 것이라 한계가 있다. 그 탓에 소모한 독력을 다시 독을 복용함으로써 채운다. 그렇게 하지 않으면 독인들은 서서히 죽어간다.

당무곡은 내심 중얼거렸다.

'독인들의 생명력이 바로 독, 그 자체다. 독이 없으면 독인들은 생존할 수 없다. 또한 저렇게 무한정 독을 뽑아 사용한다면…… 종국에는 독인들이 당할 수도 있다. 독인은 독을 쓸 수 있을 때 두려운 존재지, 독을 쓸 수 없는 독인은 있으나 마나 한 존재다.'

그의 눈에 독인들의 독이 서서히 줄어드는 것이 보였다. 쉴 새 없이 발출한 독력이 바닥을 보이기 시작하는 것이다.

한식경이 훨씬 지났다.

녹의인들은 사나운 교전을 거듭하며 일천혈광마와 치열하게 싸웠다. 짙었던 묵기는 어느새 엷어졌고, 그사이 비탈길에는 상당한 수의 혈광마가 드러누웠다. 하지만 여전히 적잖은 수의 혈광마들이 멀쩡하게 남아 있었다.

녹의인들의 묵기에 격타당한 혈광마들은 쓰러져 고통스러운 괴성을 질렀다. 하나 그뿐, 잠시 후 그들은 쓰러진 채 움직이지 않았다.

"크아앙!"

묵기에 당한 혈광마들이 쓰러져 몸부림을 쳤다. 그들은 이전처럼 빠르게 녹아내리지 않았다. 격타당한 부위가 녹아내리는 속도가 현저히 느려졌다.

독력이 달린다는 반증이다.

서너 명의 혈광마가 가까이에 있던 한 녹의인에게 달려들었다. 그들은 녹의인들을 각자의 손으로 움켜잡았다.

"허억!"

녹의인은 기겁했다. 그는 황급히 독공을 운공했다. 묵기가 혈광마들의 손으로 옮아갔다.

츠츠츳.

혈광마들의 손이 옅은 검은빛을 띠며 녹기 시작했다. 그럼에도 불구하고 혈광마들은 독인을 붙잡은 팔을 놓지 않았다. 본능이 혈광마들에게 독인을 죽일 기회가 왔음을 알렸다.

혈광마들은 독인을 공격했다.

장공으로 격타하고, 조공으로 그으며, 수공으로 꿰뚫으려
했다.

녹의인은 혼신을 다해 혈광마들의 공격을 막으며 안색이
백짓장처럼 창백해졌다.

'도, 독공이…….'

한계에 다다랐다. 독력을 보충할 시간이 되었다. 하지만
혈광마들에게 잡혀 간신히 공격을 막아 내는 터라 물러나고
싶어도 물러날 수가 없었다.

퍼억!

그때, 한 혈광마의 손이 녹의인의 배를 꿰뚫었다.

"크아아악!"

녹의인은 고통스러워했다.

배를 꿰뚫은 혈광마의 팔뚝이 녹의인의 피로 흥건히 젖었
다. 그 광경에 다른 혈광마들이 득달같이 녹의인에게 달려
들었다.

혈광마들은 녹의인을 후려치고 살점을 물어뜯었다.

"으아아악!"

부지불식간에 고개를 옆으로 돌릴 만큼 참혹한 광경이었
다.

나소추는 이채를 반짝였다. 시야에 한 녹의인이 혈광마들
에게 당하는 모습이 보였다.

그는 득의가 엿보이는 들뜬 기색을 띠었다.

"됐다. 역시 숫자에는 못 당해."

일천혈광마에게 남은 두 녹의인도 곧 당할 것이다.

아니나 다를까.

나소추의 눈에 수적으로 우세한 혈광마들이 다른 녹의인에게 몰려가는 모습이 보였다.

상황이 반전되었다.

하나 혈광마들은 좀처럼 녹의인들 곁으로 가까이 가지 못했다. 위기를 직감한 두 녹의인이 모든 독력을 쥐어짜 진한 묵기를 뿌렸다.

나소추는 눈빛을 반짝이며 두 녹의인을 주의 깊게 살폈다.

당무곡은 와락 얼굴을 일그러뜨렸다.

"젠장."

화가 치밀었다.

독인의 수가 너무 모자랐다. 수적으로 너무 밀렸다. 그 탓에 혈광마들을 채 얼마 죽이지 못했다.

결국 남은 혈광마는 당가, 아미, 곤륜, 공동, 네 문파가 감당할 수밖에 없을 것 같다.

이미 낭인들은 일천혈광마에게 당해 전의를 상실했다. 싸우기를 극구 거부할 것이 뻔하다. 싸우기를 종용하거나 강요하면 반반할 수도 있다. 그리고 낭인들도 전열을 가다듬을 시간이 필요했다.

구하 진인의 얼굴빛이 흙빛이었나.

당가의 독인—녹의인—들이 혈광마에게 당했다. 그는 혈광마들이 몹시 걱정되었다. 보나마나다. 곤륜파의 제자들이 혈광마를 상대로 싸워야 할 것이다. 그리되면 막심한 피해가 불가피해진다.

구하 진인은 급히 당무곡에게 고개를 돌렸다.

"가주."

당무곡은 낭랑한 목소리로 말했다.

"별수 없습니다. 이제는 우리가 막을 수밖에요."

금양 도장은 흠칫했다.

"가주, 정녕 저 마물을 막을 방도가 없소이까?"

"송구합니다, 도장. 저 또한 별다른 수가 없습니다."

"이런."

금양 도장은 불안한 표정을 지었다.

당무곡은 천천히 뒤돌아섰다.

"어서 빨리 움직여야 합니다. 저들은 곧 우리를 공격해 올 것입니다. 그러니 각파의 정예들을 차출해 주십시오. 최대한 저들이 가까이 다가오는 것을 막아야 합니다."

구하 진인과 금양 도장의 얼굴이 딱딱하게 굳어졌다.

각파의 정예.

그 말은 곤륜과 공동의 장로들, 그리고 두 문파를 상징하는 정예 고수—일대 제자—들을 의미하는 것이다.

수심 사태는 당무곡과 구하 진인, 그리고 금양 도장을 바라보았다.

그녀는 내심 고소하다는 미소를 머금었다.

'이럴 때는 우리 아미파의 사정이……'

이미 극심한 피해를 본 탓에 일천혈광마를 상대하지 않아도 된다. 일종의 확실한 명분과 핑계를 댈 수 있는 것이다.

당무곡은 구하 진인과 금양 도장을 향해 빠르게 말했다.

"우선 저희 당가에서 저들을 암기로 공격할 것입니다. 그후에 각파의 정예들이 저들을 공격해 최대한 수를 줄여야합니다. 그래야 미산을 방어할 수 있습니다."

금양 도장은 불안한 눈빛을 띠며 급히 말했다.

"가주, 일단 미산에서 물러나는 것이 어떻겠소이까?"

구하 진인은 기대감이 서린 작은 눈빛을 띠었다. 그는 당무곡의 눈치를 살폈다. 자신이 하고 싶은 말을 금양 도장이 알아서 해 주었다.

당무곡은 옅은 노기를 띠었다. 하나 그는 곧 노기를 지우고 차분한 목소리로 말했다.

"도장, 이곳 미산에서 성도까지는 걸어서 한 시진 남짓입니다. 미산에서 물러선다면 성도밖에 남지 않습니다."

당무곡은 불가라는 얼굴빛을 띠었다.

금양 도장은 헛기침을 했다.

"흐흠."

내심 그가 이끄는 공동이 입을 피해가 걱정스러웠다.

당무곡은 구하 진인을 힐끔 흘겨보았다.

구하 진인은 당무곡의 시선에 움칫하며 도호를 읊었다.

"원시천존. 청성을 생각하셔야겠습니다, 금양 도우님."

금양 도장은 움찔했다.

구하 진인은 그에게 아미파처럼 되고 싶으냐고 돌려 말했다.

금양 도장은 재빨리 말했다.

"원시천존. 오해가 없었으면 합니다. 나는 그저 저 마물 탓에 많은 희생이 나올 것 같아 걱정이 되어 한 말이었습니다."

당무곡은 내심 중얼거렸다.

'말은 번지르르하게 잘도 하는군.'

당무곡은 자파를 챙기고자 하는 금양 도장의 속내를 짐작하고 있었다.

구하 진인은 기대감이 어린 목소리로 말했다.

"가주, 다시 한 번 낭인들을 동원해 보는 것은 어떻겠습니까?"

당무곡은 고개를 내저었다.

"어렵습니다. 그들은 이미 많은 피해를 입었습니다. 게다가 전의도 상실했습니다. 그런 그들을 다시 전면에 내세우려고 하다간 반발이 일어나기 십상입니다. 아쉽지만 이번에는 우리들이 나서야 합니다."

구하 진인은 아쉬운 표정을 지었다.

'낭인들을 전면에 세우면 그래도 희생이 조금은 덜 나올

것인데.'

구하 진인은 곤륜파가 입을 피해가 걱정이 되었다.

당무곡은 구하 진인과 금양 도장에게 다급한 목소리로 말했다.

"두 분 장문인, 빨리 서둘러 주십시오. 저들이 움직이기 전에 먼저 우리가 방어 위치를 선점해야 합니다. 아시겠습니까?"

구하 진인과 금양 도장은 어쩔 수 없다는 표정을 지으며 도호를 읊었다.

"원시천존……."

"그러지요."

수심 사태는 세 사람을 보며 심중 대소를 터뜨렸다.

'호호호, 우리 아미파가 이미 큰 피해를 입었으니 같이 싸우자는 말은 못할 터.'

수심 사태는 안도했다.

아미파는 치명적인 손해를 입어 싸울 여력이 그다지 없었다. 그러니 자연스럽게 당무곡과 구하 진인, 그리고 금양 도장의 뇌리에서 열외가 되었다.

세 사람은 미처 아미파를 생각하지 못하고 있었다. 무의식적으로 아미파는 아무 도움도 되지 못한다 생각했다. 그 탓에 아미파는 일천혈광마와의 교전에서 빠졌다.

아미파 입장에서는 화가 복이 되는 상황이었다.

❖　　　❖　　　❖

　당가를 중심으로 곤륜과 공동이 일천혈광마와 부딪쳤다.

　일천혈광마는 강했다. 그들은 닥치는 대로 곤륜과 공동의
제자들을 죽였다.

　당가는 암기를 발출하느라 다소 떨어진 거리에 서 있었
다. 반면, 곤륜과 공동은 직접 손에 검을 들고 나가 싸워야
했다. 근접전이 불가피했다.

　검광이 끝없이 번쩍였다.

　곤륜과 공동의 제자들이 외치는 함성이 미산을 뒤흔들었
다. 그와 함께 일천혈광마에게 당해 죽어가는 두 문파의 제
자들이 내지는 비명 소리가 함성을 뒤따랐다.

　"으아악!"

　"뒤로 물러…… 크악!"

　"끄아악!"

　곳곳에 죽은 시신들이 깔렸다. 죽은 곤륜과 공동의 제자
들이 흘린 피로 바닥은 붉은 적토가 되었다.

　일천혈광마는 압도적인 무력으로 두 문파의 제자들을 밀
어붙였다.

　나소추는 흐뭇한 미소를 머금었다.

　그는 격렬한 장내를 보고는 싸우고 싶다는 강렬한 충동을
느꼈다. 하나 자제했다.

일천혈광마를 제어해야 했기 때문이다.

나소추는 두 문파의 희생이 기하급수적으로 늘어나자 중얼거렸다.

"아쉽긴 하지만 부가 우선이니."

나소추는 충동을 억눌렀다.

무인으로서 검을 들고 호쾌하게 싸우고 싶지만, 그럴 수 없다. 중요한 것은 성도로 가는 길을 여는 것이다. 그러기 위해서는 미산을 뚫어야 한다.

미산을 방어하는 무림맹 서천지단, 그들을 무너뜨리는 것이 여타의 모든 것에 있어 우선이었다.

곤륜과 공동의 제자들이 흘린 피가 내를 이루고 시신이 지천에 깔렸다.

그날, 미산에서 한 폭의 지옥도가 그려졌다.

6장

　임유성은 한일자로 입을 굳게 다물었다. 그는 두 눈동자를 부릅뜨며 정면을 직시했다.

　북풍한설 같은 냉기가 일어나 주변을 뒤덮었고, 서릿발 같은 살기가 팔방으로 뻗었다. 살기는 무수한 칼날이 되어 발치에 두 무릎을 꿇은 이들을 향했다.

　무당파의 제자들은 전신을 부르르 떨었다.

　무당파의 산문.

　수백에 이르는 무당파의 제자들이 무릎을 꿇고는 머리를 숙였다.

　앞에는 당대 무당파의 장문인 무유 도장이, 그의 뒤편에는 무당파 무 자 항렬의 장로들이 부복했다.

　임유성은 그들을 향해 분노 어린 일갈을 터뜨렸다.

"무엇을 하자는 것이오, 장문인! 그대들은 천하가 우러러 보는 존무당이 아니오! 안 그렇소이까? 일어나서 검을 드시오! 그리고 그대들의 치부를 감추기 위해 나에게 달려드시오!"

무유 도장은 바르르 몸을 떨었다.

"패왕, 그대가 홀로 소림을 봉문시키고. 화산과 종남을 피로 씻은 것을 알고 있소이다. 원시천존. 또한 개방이 우리 무당파를 위해 그대를 막아섰다가 당한 참변도 들어 알고 있소."

임유성은 눈살을 찡그렸다. 어느사이엔가 강호로 소문이 퍼져 나갔다.

경혼조에 관한 소문이.

"패왕, 그대가 과거 경혼조의 후인이라는 것을 아오. 내 도사의 신분으로 어찌 그와 같은 일을 앎에도 그대에게 달려들겠소. 분명 우리 무당의 선대가 무림맹과 함께 경혼조에게 차마하여서는 아니 되는 일을 하였음을 인정하오. 내, 그대가 오기 전에 스스로 삼십 년 봉문의 명을 내렸소."

"그래서…… 그래서 나더러 용서해 달라고 말할 참이오, 장문인!"

"원시천존. 내 무슨 염치로 그대에게 용서를 구하겠소."

"하면!"

임유성의 외침이 무당파 산문을 떨어 울렸다.

무유 도장은 천천히 상체를 일으켰다. 그는 두 손을 가슴

앞으로 들어 올리며 도호를 읊었다.

"원시천존. 나와 무 자 항렬, 그리고 일대 제자들의 목숨을 패왕의 손에 맡기오. 우리의 생명을 거두고 부디 무당의 명맥만은 잇게 해 주시오. 패왕, 무당의 장문인이 아닌, 무당 도문의 도사로서 그대에게 청하오. 진무진인 삼풍 조사께서 여신 무당의 맥만은 끊지 말아 주시오. 패─왕!"

임유성의 눈가가 떨렸다.

파르르.

두 무릎을 꿇은 무유 도장은 죽여 달라 청하고 있었다.

그 대가로 무당만은 보존하게 해 달라.

패도를 움켜쥔 왼팔에서 잔떨림이 일었다.

'죽일까, 말까?'

혼란스러웠다.

무당산에 오를 때는 단숨에 무당파를 짓밟아 버리고 죄다 죽여 버리고자 마음먹었다. 그런데 상대가 스스로 죽여 달라 청하며 머리를 조아렸다.

살심이 슬며시 수그러들었다.

명색이 존무당이라 불리는 무당파다. 소림과 함께 강호의 양대 산맥이다.

그 문파의 장문인이 지금 자신의 발치에 무릎을 꿇었다.

어이할 것인가.

임유성의 두 눈동자가 흔들렸다. 결정을 내리지 못한 망설임이 얼굴에 떠올랐다.

무유 도장은 입술을 질끈 깨물며 결연한 얼굴빛을 띠었다.

'내 한목숨으로 패왕의 발길을 돌릴 수만 있다면야……'

임유성이 최악의 결정을 내릴 경우, 무당이 피에 잠긴다.

무유 도장은 천천히 오른팔을 들어 올리며 일갈했다.

"패왕, 내 한목숨으로 경혼조의 넋을 위로하고자 하니, 부디 이런 내 마음을 헤아려 주시오."

말을 마친 무유 도장은 거침없이 자신의 천령개를 내려쳤다.

퍼억!

무당파의 제자들은 그 소리에 고개를 들어 무유 도장이 자진하는 모습에 울부짖었다.

"장문인!"

"장문 사형! 흐흑!"

"그리하셔서는 아니 됩니다!"

"흐흐흑."

임유성은 어금니를 악물었다.

머리가 깨어지고 붉은 진홍색 피가 얼굴을 타고 흘러내리는, 무릎을 꿇은 꼿꼿한 자세로 두 눈을 감은 무유 도장의 모습에 살의가 사그라졌다.

사죄하기에, 죽음으로써 용서를 구하는 광경에 마음이 흔들렸다.

그때, 한 줄기 외침이 임유성의 귀에 들렸다.

"패왕, 나 무광의 목숨을 장문 사형의 죽음에 얹겠소!"

무당파 장로 무광 도장이 서슴없이 우장을 들어 천령개를 내려쳤다.

퍼억!

그것이 시작이었다.

무당파 무 자 항렬의 장로들이 이구동성으로 소리치며 거침없이 천령개를 내려쳤다.

"나 무송의 목숨을 그 위에 얹겠소, 패왕!"

"패왕, 부디 우리 무당 도문의 맥만은 보전케 해 주시오."

"나 무진의 목숨 또한 그 위에 얹겠소, 패왕!"

"패왕, 우리들의 죽음으로 죽은 경혼조의 넋을 달래오."

"나, 무운의 목숨 또한······."

천령개가 깨어지는 나지막한 소리가 연이어 들렸다.

퍼, 퍼, 퍽!

무당파의 제자들은 연이은 장로들의 죽음에 오열했다.

"사숙! 으흐흑."

"사백!"

무당파의 제자들은 무릎을 꿇은 채 상체를 숙여 땅바닥에 엎드렸다.

흐느껴 울며 들썩였다.

오열하는 그들의 울음과 통곡이 산문의 허공에 메아리쳤다.

임유성은 고개를 들어 산문이 떠나가라 함성을 질렀다.

"으아아아아!"

가슴이 터질 것 같았다.

도대체 누가 왜 무엇 때문에 이런 상황을 만들었단 말인가.

자신이 걷는 지금의 이 길이 잘못되었단 말인가.

받았으니, 받은 대로 돌려주고자 할 뿐이었는데.

그런데 지금 이 순간, 왜 자신이 죄를 짓는 듯한 죄책감이 드는가.

"왜에에에!"

임유성의 외침이 울려 퍼졌다.

아스라이.

강호는 아연실색했다.

경혼조에 얽힌 전대의 비사와 함께 패왕이 왜 구파를 짓밟으며 피를 뿌리는지 그 연유를 알게 되었다.

누가 퍼뜨렸는지 알 수 없지만, 강호 곳곳으로 자세히 알려졌다.

"……."

강호인들은 침묵했다. 너무 놀라워 뭐라 말할 수 없었다. 다들 할 말을 잃고 무림맹을 바라보았다.

그들이 어떻게 나올 것인가.

구파 중 네 문파가 패왕의 방문을 받고 피에 잠겼다. 남은 다섯 문파는 중원과 멀리 떨어져 있다.

저 먼 운남에 있는 점창파.

사천에서 천존부와 싸우는 아미와 곤륜, 그리고 공동파.

청성산에 웅크린 채 움직이지 않는 청성파.

그러니 영곡산에 있는 무림맹으로 필시 패왕의 발걸음이 이어질 터였다.

무림맹, 맹주전.

초묵천은 침묵했다. 그의 면전에는 익여의가 서 있었다.

익여의는 침통한 모습이었다. 그는 초묵천에게 강호에 퍼진 소문을 보고했다. 아울러 패왕 임유성이 과거 경혼조의 후손임도 알렸다.

초묵천은 두 손을 모아 이마에 댔다. 그는 상체를 숙이며 천천히 입을 열었다.

"여의……."

"예."

"지금 맹의 상황이 어떤가?"

익여의는 주저했다.

초묵천은 익여의를 쳐다보았다.

"괜찮네. 말해 보게."

"동요가 극심합니다. 아울러 무당에서 전서구가 왔습니다."

초묵천은 의아한 눈빛을 띠었다.

"무당에서?"

익여의는 나직한 목소리로 대답했다.

"네. 무림맹에서 탈퇴하겠다고 알려 왔습니다. 그리고 향후 삼십 년 동안 봉문한다고……."

"……."

초묵천은 침묵하며 곤혹스러운 표정을 지었다.

익여의는 염려스러운 목소리로 말했다.

"맹주님, 만일 무당이 무림맹에서 탈퇴했다는 것이 알려질 경우, 어쩌면 맹이 와해될지도……."

익여의는 차마 말을 끝맺지 못했다.

초묵천은 참담함을 느끼는 듯, 안색이 급격히 어두워졌다. 그는 난감한 기색을 띠었다.

익여의는 다급한 목소리로 말했다.

"맹주님, 아마도 곧 패왕이 무림맹으로 올 듯합니다. 그 전에 따르는 이들을 이끌고 사천으로 움직이셔야 합니다. 무당산과 영곡산은 지척입니다."

"……."

"맹주님."

초묵천은 천천히 입을 열었다.

"휴우, 주인이 객이 무서워 허둥지둥 집을 떠나야 한다니."

초묵천은 자조적인 목소리를 흘렸다.

"맹주님, 무상이 남궁세가로 돌아갔습니다."

그 순간, 초묵천의 눈매가 반짝였다.

"후아가 말인가?"

"네. 무상은 죽는 그 순간까지 맹주님을 용서하지 않겠다고 했습니다."

"……."

"맹주님, 어서 서두르셔야 합니다. 이제 맹은 사상누각이나 다를 바가 없습니다. 패왕이라는 파도가 한 번 몰아치면 맹은 모래성처럼 무너집니다."

초묵천은 비통한 얼굴빛을 띠며 나지막한 목소리로 말했다.

"이제는 제자까지 날 버리는군."

"맹주님, 맹주님께는 제가 있지 않습니까?"

"훗, 그래. 자네가 내 옆에 있었지."

"맹주님, 지금은 잠시 쏟아지는 소나기를 피해야 할 시기입니다. 훗날 다시 세력을 일으키시면 됩니다. 구파가 중심이 된 무림맹이 아니라, 천하제일가라 불릴 초씨세가를 중심으로 한 무림맹을 말입니다."

익여의는 초묵천의 웅심을 건드렸다. 그는 초묵천이 심중 깊이 간직한 야망의 불길을 지폈다.

초묵천은 눈빛을 반짝였다.

'그래, 여의의 말이 맞다. 여기서 주저앉을 수는 없다. 우리 초씨세가를 중심으로 하는 세가들의 강호를 만들어야

한다.'

초묵천은 천천히 자리에서 일어났다. 그는 익여의를 응시하며 날카로운 눈빛을 번쩍였다.

"여의."

익여의는 재빨리 힘찬 목소리로 대답했다.

"예, 맹주님."

초묵천은 당당한 목소리로 말했다.

"나를 따르는 무리들을 지금 즉시 은밀히 불러모으게. 오늘 밤 자시에 맹을 떠날 것이네."

"네. 알겠습니다, 맹주님."

"또한 맹의 비고와 보고에서 필요한 재화나 영약, 그리고 무공 비급들을 빼내어 따로 챙겨 두게. 앞날이 불투명하네. 무슨 일이 있을지 모르니 앞날을 대비할 수 있는 것은 빠짐없이 챙기게."

"명심하겠습니다."

"나가 보게."

"예."

익여의는 대답과 함께 방문으로 돌아섰다.

초묵천은 익여의가 걸어가는 모습을 지켜보았다.

"패왕이라……"

초묵천의 두 눈동자가 일순 강렬한 빛을 뿜었다.

화악.

그는 몹시 꺼리는 얼굴빛을 띠었다.

"마음에 안 들어. 도대체 누가 그런 자를 가르쳤단 말인가. 대관절 어떤 무공을 익혔기에 그리 강하단 말인가. 홀로, 단신으로 강호를 거침없이 행보하다니, 어디까지, 어느 선까지 강하단 말인가."

초묵천은 답답해했다.

패왕 임유성.

행보에 거침이 없다.

강호사에서 언제나 주류로서 자리매김하며 강호를 영도해왔던 구대문파와 개방.

그들을 차례로 꺾으며 무림맹으로 다가오고 있었다.

초묵천은 심중 두려움을 느끼기 시작했다.

임유성이 그를 위협하고 있었다. 상대하기가 꺼려졌다. 무림맹은 이제 강호에서 신망을 잃었다. 복수를 하고자 하는 임유성은 필시 무림맹으로 올 것이다.

"후, 잠시 피할 수밖에. 그와 천존부를 서로 상잔시킨 연후에 다시 몸을 일으킬 수밖에 달리 길이 없어."

초묵천은 굳은 의지가 엿보이는 눈빛을 띠었다.

"강호는 언제나 강한 자만을 기억한다. 진정 강한 자는 끝까지 살아남은 자다. 살아남아 강호를 한 손에 걸머쥐고 뒤흔든 자, 그만이 강호사에 그 이름과 족적을 남긴다. 나는 결코 이대로 무너지지 않을 것이다. 기필코 야망을 이루고야 말 것이다."

초묵천의 결연한 목소리가 살며시 울렸다.

그날 밤 자시, 초묵천을 나르는 일단의 무리가 무림맹 후문을 빠져나와 사천으로 향했다.

수십 대의 수레에 바리바리 짐을 싣고 긴 대열을 이루며 줄지어 영곡산을 벗어났다.

❖　　❖　　❖

미산 중턱에 자리한 천막 내부에서는 깊은 절망과 무거운 침묵이 흘렀다.

당무곡, 구하 진인, 금양 도장, 수심 사태.

그들은 굳게 입을 다물고 있었다. 그 누구도 먼저 입을 열어 말하지 않았다.

다들 비통함과 불안에 휩싸였다. 그들은 앞이 보이지 않는 어둠, 그 한가운데에 서 있었다.

당무곡은 고개를 깊이 숙였다.

"내일 동이 트면 천존부 놈들이 한꺼번에 몰려올 것입니다."

좌중에 자리한 세 남녀는 입을 다물었다. 굳이 말하지 않아도 다 아는 상황이다.

암담했다.

"……."

잠시 동안 침묵이 흘렀다.

수심 사태는 좌중을 한차례 둘러보며 말했다.

176　낭도

"나무관세음보살. 우리에게 달리 다른 선택은 없을 듯합니다만."

구하 진인은 한숨을 내쉬었다.

"휴우, 수심 사태의 말이 옳은 것 같소이다."

금양 도장은 천천히 입을 열었다.

"어쩔 도리가 없소. 미산에서 물러날 수밖에……."

그들은 말없이 앉아 있는 당무곡을 보았다. 사실상 당가의 핵심 전력을 모두 잃은 당무곡이다.

당무곡은 그들의 시선에 무거운 목소리로 말했다.

"결국 이리되는군요. 후우우, 미산에서 물러나야 한다면 오늘 밤 안으로 움직이는 것이 좋을 것 같습니다. 필경 놈들이 동이 트는 새벽녘부터 공격을 해 올 것이 분명하니 말입니다."

구하 진인은 금양 도장을 쳐다보았다.

금양 도장은 말없이 고개를 끄덕였다.

수심 사태는 좌중의 흐름이 미산에서 퇴각하는 방향으로 흐르자 조심스레 말했다.

"우리가 미산에서 물러났다는 것을 천존부 놈들이 알게 된다면 필경 우리 뒤를 바짝 쫓아올 것입니다. 그러니……."

당무곡은 눈빛을 반짝였다.

"사태, 혹 뒤를 맡아 줄 이들이 필요하다, 그 말입니까?"

수심 사태는 침묵하며 두 눈을 내리감았다. 더 말하지 않아도 좌중에 앉은 이들 모두가 익히 아는 바였다.

금양 도장은 고개를 가볍게 끄덕였다.

"수심 사태의 말이 맞소. 가주, 누군가는 뒤를 끊어 주어야 하오."

당무곡은 금양 도장에게 반문했다.

"하면, 공동파가 맡아 주시겠습니까?"

금양 도장은 움찔거렸다. 그는 진한 꺼림의 얼굴빛을 띠었다.

구하 진인은 재빨리 말했다.

"가주, 우리는 이미 지칠 대로 지쳤고. 피해를 입을 만큼 입었소. 그리고 우리 세 문파의 명맥도 생각하지 않을 수 없소이다."

"진인, 그것은 우리 당가 또한 마찬가지입니다. 사실상 가의 모든 전력을 잃었습니다."

당무곡은 사천당가가 뒤를 맡을 수는 없다는 의중을 넌지시 내비쳤다.

수심 사태는 나직이 불호를 읊었다.

"아미타불. 죄스러우나 낭인들에게 맡기는 것이……."

당무곡은 말도 안 된다는 표정을 지었다.

"사태, 천존부에게 죄다 도륙당할 것입니다. 설마 그들이 도륙을 당하는 동안 우리가 도주하자, 그 말씀을 하고자 하시는 것입니까?"

수심 사태는 침묵했다.

구하 진인은 재빨리 수심 사태를 거들고 나섰다.

"가주, 지금 우리에게 선택의 여지는 없소이다. 낭인들이 아니면 우리들이 이끄는 문파들 중 한 문파가 뒤를 맡아야 하오이다. 만일 당가가……."

구하 진인은 슬그머니 당무곡을 흘겨보았다. 그 모습이 당가가 맡았으면 하는 눈치였다.

당무곡은 소리쳤다.

"진인, 우리 당가는 삼독과 삼수, 그리고 독인들을 모두 잃었소이다. 설마 우리 당가더러 멸족하라, 그 말씀이시오?"

당무곡은 불쾌한 빛을 띠었다. 그는 상당히 화가 난 모습이었다.

금양 도장은 재빨리 말했다.

"가주, 선택이 불가피하오. 낭인이냐, 아니면 우리 아미, 곤륜, 공동, 당가, 이 네 세력이냐인 것이오. 아시겠소?"

수심 사태와 구하 진인은 당무곡을 쳐다보았다.

당무곡은 당황했다.

세 사람이 자신을 위협하고 있었다. 비록 대놓고 말을 하지는 않았지만, 돌아가는 정황이 그랬다.

"당가요, 아니면 낭인이오?"

당무곡은 세 사람의 위협에 망연한 표정을 지었다.

그는 선뜻 당가가 맡겠다고 말할 수 없었다. 만약 당가가 뒤를 맡을 경우, 사실상 멸족이나 마찬가지였다. 당가의 모든 힘이 죄다 미산에 모여 있다.

당무곡은 말없이 고개를 숙였다. 별수 없다. 당가와 낭인, 둘 중 하나를 선택해야 했다.

수심 사태와 구하 진인, 그리고 금양 도장은 당무곡의 행동을 동의로 받아들였다.

그들은 서로를 바라보며 살며시 고개를 끄덕였다.

❖　　　❖　　　❖

사수붕은 은밀히 홀균하를 불렀다. 홀균하는 야심한 밤에 사수붕이 부르자 의아해했다.

그는 사수붕의 거처인 천막으로 들어섰다. 그러고는 사수붕에게 다가가 공손하게 인사했다.

사수붕은 인사를 받는 둥 마는 둥했다. 그는 오른손을 들어 가까이 다가오라고 손짓했다.

홀균하는 사수붕이 앉아 있는 탁자로 몇 걸음 다가가 섰다.

사수붕은 차분한 목소리로 말했다.

"앉아."

"네, 원주님."

홀균하는 사수붕의 맞은편에 자리한 의자에 앉았다.

사수붕은 홀균하가 앉자 말했다.

"머리를 가까이."

"네."

홀균하는 의아한 표정을 지으며 머리를 내밀었다.

사수붕은 홀균하의 귀에 대고 소곤소곤 말했다.

"컥!"

홀균하는 일순간 기겁하며 황급히 말했다.

"워, 원주님."

홀균하는 너무 놀라 어쩔 줄을 몰라 했다.

사수붕은 오른손 검지를 들에 입에 붙였다.

"쉿!"

홀균하는 다급하게 말했다.

"그럴 수 없……."

홀균하는 입을 다물었다.

사수붕의 두 눈동자에서 서슬이 퍼런 청광이 번득였다.

"네놈은 비밀을 알았다. 알겠느냐, 홀균하? 이 일이 밖으로 새어 나가지 않으려면 부득불 너를 죽일 수밖에 없어. 자고로 죽은 자만이 침묵하는 법이니까."

홀균하는 부르르 몸을 떨었다.

사수붕이 노골적으로 죽이겠다고 위협했다.

누구보다 사수붕을 잘 아는 그였다.

자신이 섬기는 이였으니까.'

'진짜다. 원주님은 진짜 날 죽일 것이다.'

홀균하는 선택하지 않을 수 없었다. 그는 어쩔 줄 몰라 하며 망설였다.

사수붕은 싱긋 웃었다.

"너는 단지 그의 아침식사에 군자산만 뿌리면 돼. 그것도 그리 많은 양은 아니야."

"원주님, 하지만 군자산을 복용하면 내공이 죄다 흩어집니다."

"크크큭, 그야 당연하지. 그러라고 너에게 시키는 것인데."

홀균하는 가늘게 몸을 떨었다.

사수붕은 홀균하를 보며 실소했다.

"풋, 파면냉소 홀균하. 그 누구보다도 잔인하다는 너다. 겨우 군자산을 뿌리는 일 정도로 왜 그리 몸을 사려?"

"원주님, 대상자가 다른 사람도 아니고, 일원주님이십니다."

"그래서 못하겠다고?"

사수붕은 날카로운 눈빛을 번쩍였다.

홀균하는 움찔하며 두려운 기색을 띠었다.

사수붕은 홀균하를 응시하며 작은 목소리로 말했다.

"너와 나는 이제 한 배를 탄 몸이다. 내가 잘되어야 너도 잘 풀린다. 이대로 가면 나소추, 그 인간이 사부님의 후계자가 돼. 그렇게 되면 나소추가 나를 가만 놔둘 리가 없어."

"원주님, 일원주님은 너그러우신 분이십니다. 부 내에서 많은 이가 존경하는 분이십니다."

"존경? 어리석은 놈! 만약에 나소추가 가면을 쓰고 있고,

그 모든 것이 치밀한 생각 끝에 나온 것이라면?"

"네에? 그, 그럴 리가요."

"멍청한."

사수붕은 상체를 젖히며 홀균하를 쳐다보았다.

"네놈을 비롯하여 모든 이들이 나소추의 손바닥에서 놀아
나고 있어. 그는 철저하게 모든 것을 곰곰이 생각하고 조심
스레 말해. 적어도 나 정도는 되어야 감추어진 위선의 면면
을 알 수 있지."

"원주님."

"네놈과 부의 사람들은 나소추에게 속고 있어. 그의 이중
적인 얼굴에 당해 그가 어떤 자인지 전혀 모르지. 하지만
난 알아. 나소추, 그자의 진면목이 어떤 것인지를. 나, 삼두
음사 사수붕의 눈을 피할 수 있는 자는 이 세상에 없지. 아
암, 그렇고말고."

사수붕은 자신만만한 표정을 지었다.

홀균하는 내심 긴가민가했다. 그의 나소추에 대한 생각이
조금씩 흔들렸다.

홀균하는 자신이 섬기는 사수붕이 어떤 자인지, 뼛속 깊
이 알고 있었다.

사수붕은 홀균하를 보며 내심 중얼거렸다.

'놈, 흔들리고 있구나. 크크크, 하긴 그럴 만도 하지. 다
른 사람도 아닌 내가 말하는데. <u>흐흐흐</u>······.'

사수붕은 심중 회심의 미소를 머금었다.

홀균하는 혼란스러운 눈빛을 띠며 갈팡질팡했다.

사수붕은 미소를 지으며 말했다.

"결정해. 날 따를 테냐, 아니면 여기서 내 손에 죽을 테냐?"

사수붕은 서서히 살기를 일으키기 시작했다.

홀균하는 움찔했다.

"원주님……."

홀균하는 잔뜩 겁에 질렸다.

사수붕은 바닥에 깔릴 듯한 낮은 목소리를 흘렸다.

"흐흐흐, 놈을 죽이는 것은 미산에 있는 서천지단의 놈들이 될 것이다. 내일 날이 밝으며 그놈은 일천혈광마를 후미로 뺄 것이다. 그리고 수하들을 전면에 내세우겠지. 크큭, 일천혈광마를 아끼고자 하는 것이 곧 놈을 잡을 수 있는 기회를 줄 것이다. 놈의 성격으로 보아 수하들이 미산에 있는 놈들을 치는 것을 마냥 구경만 하고 있지는 않을 테니까."

"……."

"무슨 말인지 알겠느냐? 그놈이 군자산을 복용했다는 걸 아는 사람은 너와 나뿐이다. 게다가 부 내에서라면 문제가 될 것이나 이곳 미산은 아니다. 무릇 전장에서 언제 무슨 일이 일어날지 아는 자는 아무도 없다. 완벽하게! 알겠느냐? 우린 멀찌감치 떨어져서 구경만 하면 된다, 이 말이야."

사수붕의 두 눈동자가 요요하게 반짝였다. 음험하고 독랄한 눈빛이 섬뜩하게 번득였다.

홀균하는 어쩔 수 없다는 듯 고개를 숙였다.

사수붕은 심중 쾌재를 부르고 있었다.

'으하하하, 만약에 일이 잘못되면 네놈이 모든 것을 뒤집어쓰도록 조치를 취해 두었으니. 하하하하!'

사수붕은 최악의 상황에 빠져나갈 길쯤은 대비해 뒀다. 그런 연후에 나소추를 잡을 계책을 꾸민 것이다.

독사가 언제 어디서 어떻게 튀어나와 먹잇감을 물지는 아무도 모른다.

독사를 피하는 가장 좋은 방법은 독사가 숨어 있을 만한 지형 자체를 피하는 것이다.

나소추는 독사가 숨은 지형으로 서슴없이 다가갔다. 그 대가는 암중에서 쏘아지는 화살이리라.

먼동이 터 오고 있었다.

밤의 어둠이 서서히 하늘 끝으로 물러나며 날이 밝아 왔다. 해는 아직 동쪽 하늘가에 모습을 보이지 않았다. 그럼에도 밝은 빛은 세상을 비추며 어둠을 밀어냈다.

밤과 아침이 공존하는 새벽녘, 미산을 떨어 울리는 함성이 메아리쳤다.

"공격하라!"

"와아아아아!"

회의인들이 산 정상을 향해 노도와 같이 치달았다. 장관이라 할 만한 광경이었다. 그렇게 수천에 이르는 무리가 일시에 미산을 치고 올라갔다.

나소추는 회의인들을 보며 흡족한 미소를 머금었다.

"슬슬 움직여 볼까?"

나소추는 걸음을 내디뎠다. 그러자 그의 뒤에 서 있던 세 사람이 급히 말했다.

"일원주님."

"설마 직접 움직이시려 하십니까?"

"안 됩니다. 수장이신데 어찌……."

혈독대주 국주광, 명귀대주 귀소, 사령대주 낭륵타.

그들은 걱정스러운 시선으로 걸어가는 나소추의 등을 보았다.

나소추는 발걸음을 멈추고 고개를 돌렸다.

"후후, 몸 좀 풀고 오겠다."

세 사람은 당황했다. 나소추의 돌출 행동에 어떻게 대처해야 할지 몰라 머뭇거렸다.

낭륵타가 나소추에게 말했다.

"원주님, 놈들은 궁지에 몰린 쥐와 같습니다. 독이 잔뜩 올라 있을 것입니다."

나소추는 싱긋 미소 지었다.

"내가 바라는 바다."

"원주님."

"낭륵타, 내 일에 관여하지 마라."

귀소는 급히 두 사람의 대화에 끼어들었다.

"일원주님, 원주님께서는 수장이십니다. 수하들을 지휘하셔야 할 몸입니다."

나소추는 혀를 찼다.

"쯧쯧. 귀소, 내가 어떻게 될 것 같으냐? 막말로 내가 미산에 있는 쥐새끼들에게 당할 것 같으냐?"

"그것은 아니지만……."

귀소는 우물쭈물했다.

행여 나소추의 눈 밖에 날까 눈치를 살폈다.

낭륵타는 염려스럽다는 목소리로 말했다.

"원주님, 만에 하나라도."

"그만."

나소추는 눈을 부라리며 낭륵타의 말을 가로막았다.

국주광은 입을 굳게 다물고 있었다.

나소추는 의아한 눈빛을 띠었다.

"국주광."

"네, 일원주님."

국주광은 고개를 숙이며 대답했다.

나소추는 의아하다는 듯 국주광에게 말했다.

"너는 어째서 아무 말이 없느냐?"

국주광은 고개를 들며 대답했다.

"제가 말한다고 해서 원주님께서 발길을 돌리시겠습니

까?"

나소추는 대소를 터뜨렸다.

"으하하하! 너는 내 마음을 알고 있구나, 국주광."

"별말씀을."

국주광은 옅은 미소를 지었다.

낭륵타와 귀소는 고개를 돌려 국주광을 쳐다보았다. 두 사람의 눈에는 부러움과 질시가 떠올랐다.

나소추는 고개를 정면으로 돌리며 걸어갔다.

"잠시 다녀올 것이니. 미산을 공격하는 것에 집중하도록. 알겠느냐?"

세 사람은 동시에 대답하며 고개를 공손하게 깊숙이 숙였다.

"편히 다녀오십시오."

나소추는 걸어가며 오른손을 들어 가볍게 흔들었다.

미산 곳곳에서는 피비린내가 진동했다. 도처에 시신들이 널려 있고, 이곳저곳에서 병기가 부딪치는 격한 소리가 끝없이 울렸다.

채, 채, 챙!

회의인들의 고함 소리가 전역(戰域)을 가득 채웠다.

"죽여라!"

"저쪽으로 달아난다!"

"놓치지 마라!"

회의인들은 좌측으로 고개를 돌렸다. 낭인들이 도주하는 모습이 보였다.

"쫓아라!"

"게 서지 못하겠느냐!"

회의인들은 낭인들을 추적했다.

선풍검 양주상은 십여 명의 낭인과 함께 내달렸다. 그는 고개를 돌리며 욕설을 내뱉었다.

"네미."

함께 달리던 이들이 소리쳤다.

"뭐 하는 겁니까, 형님!"

"뒤돌아볼 여유가 어디 있습니까?"

"빨리 도망쳐야 합니다."

양주상은 고개를 돌리며 일갈했다.

"개 같은 놈들!"

얼굴이 험악하게 뒤틀렸다.

낭인들은 양주상의 일갈에 분노의 눈빛을 띠었다.

"처음부터 끼어드는 게 아니었습니다."

"개 엿 같은 새끼들. 우리를 빼놓고 저희만 도망쳐?"

"다른 놈들은 몰라도 당가 놈들이 어떻게 우리에게 이럴 수가 있어!"

"그 자식들도 다른 놈들과 똑같아!"

낭인들의 목소리에서 당가에 대한 분노가 가득 느껴졌다. 짙은 배신감에 다들 치를 떨었다.

아무 말이 없었다. 밤새 아미, 곤륜, 공동, 당가가 말 그대로 야반도주했다. 새벽녘이 되어 천존부가 공격을 해 오자 낭인들은 그제야 알게 되었다.

그들을 버려 두고 모두 미산을 떠났다는 것을.

양주상은 뛰며 소리쳤다.

"두고 보자! 우리가 미산을 빠져나가기만 하면!"

양주상은 사나운 기세를 뿜었다.

낭인들은 달음박질을 하며 외쳤다.

"낭인시장에 이 일을 알리고 말 테다!"

"우리 낭인들이 열 받으면 얼마나 무서운 놈이 되는지, 똑똑히 보여 주고 만다! 으드득!"

"개새끼들, 어디 두고 보자고!"

"낭인시장에 남아 있는 낭인들이 이 사실을 알면 가만있지는 않을 테니까!"

낭인들은 단단히 별렀다. 일단 살아서 미산을 빠져나가기만 하면 온 낭인들에게 통문을 돌릴 것이다.

자칭 무림맹의 서천지단이라 불리는 작자들이 낭인들을 어떻게 배신했는지 죄다 알릴 작정이었다.

일다경이 지났을까.

양주상과 십여 명의 낭인은 인적이 드문 외진 산길에 다다랐다. 미산의 맞은편에 위치한 산길은 성도로 이어지는 관도가 지척이었다.

저 멀리 아래로 관도와 접한 길이 보였다.

양주상과 낭인들은 안도의 표정을 지으며 가쁜 숨을 몰아쉬었다.

"허, 헉."

"하학."

양주상은 외쳤다.

"거의 다 왔어!"

그는 고개를 돌려 주위에 서 있는 낭인들을 살펴보았다. 다들 지친 모습이었다. 뒤를 따라오던 회의인들은 보이지 않았다.

양주상은 그제야 안도의 얼굴빛을 띠었다.

"다행이다. 놈들을 따돌린 것 같다."

그 순간이었다. 양주상의 말과 거의 동시에 낭랑한 목소리가 들렸다.

"글쎄, 그럴까?"

한 사내가 낭인들의 후미로 내려섰다.

척.

낭인들은 화들짝 놀랐다. 그들은 황급히 돌아서며 검을 뽑았다.

채— 촤아앙!

사내는 약 이 장의 거리를 두고 낭인들과 대치했다.

"후후, 미꾸라지처럼 잘도 빠져나가는 놈들이 간혹 몇 놈 있지."

나소추는 낭인들을 향해 비웃음을 흘렸다.

양주상은 일갈했다.

"누구냐?"

"나?"

나소추는 오른손 엄지를 들어 자신을 가리켰다.

낭인들은 긴장하는 듯 얼굴을 딱딱하게 굳혔다.

양주상은 소리쳤다.

"지금 우리를 놀리는 것이냐?"

"하하하, 네놈들이 내 장난감이 될 자격이라도 있더냐?"

"이……."

양주상은 얼굴을 일그러뜨렸다. 분명 나소추는 자신과 낭인들을 비웃고 있었다.

양주상은 일갈했다.

"쳐라!"

낭인들은 지면을 박차며 나소추에게 달려들었다.

나소추는 다가오는 낭인들을 보며 좌측 엄지를 튕겼다.

팅.

검의 호수(護手)가 튕겨지며 검이 반쯤 빠져나왔다.

나소추는 눈빛을 반짝이며 지척에 이른 십여 명의 낭인을 향해 일갈했다.

"버러지들!"

나소추는 오른손으로 검병을 덥석 잡았다.

낭인들은 각자의 검을 나소추에게 휘둘렀다.

일순간 다수의 검광이 번쩍였다. 그와 함께 나소추의 좌측 허리춤에서 눈부신 섬전이 작렬했다.

스파앗.

나소추의 정면에서 검을 휘두르던 두 낭인이 쓰러졌다.

"으아악!"

"크악!"

나소추는 신형을 날렸다.

파앗.

그는 낭인들 사이로 파고들며 검을 사방으로 내쳤다.

쉬, 쉬익.

나소추의 검이 공간을 쾌속하게 누볐다. 검광이 쉴 새 없이 번쩍였다.

낭인들의 비명이 울려 퍼졌다.

"아악!"

"끄아악!"

순식간에 세 명의 낭인이 나소추에 의해 죽었다.

털퍼덕.

풀썩.

양주상의 눈에 보이는 나소추는 물살을 가르는 잉어 같았다.

장난을 치듯 검을 가볍게 움직여 간결한 검초로 낭인들을 참살했다.

그 모습에 양주상은 분노 어린 일갈을 내질렀다.

"놈을 에워싸라! 강한 놈이다!"

낭인들은 재빨리 뒤로 물러났다.

나소추는 양주상을 힐긋 쳐다보았다.

"눈치가 빠른 놈이군그래."

양주상은 거칠게 대꾸했다.

"아가리 처닫아라, 이 천존부의 개야!"

"후후, 그 입 한 번 걸군그래. 네놈은 맨 나중에 내가 손
봐 주도……."

순간, 나소추의 안색이 급변했다.

양주상은 나소추가 중간에서 말을 멈추자 의아했다.

살아남은 다섯 낭인은 나소추를 에워싼 채 의구심이 어린
표정을 띠었다.

나소추는 심중 당황했다. 갑자기 단전에서 내공이 급격히
사라지기 시작했기 때문이다.

'이럴 리가 없는데.'

나소추는 황급히 내공을 끌어 올렸다. 하지만 내공은 일
어나지 않았다.

나소추는 영문을 몰라 어리둥절해했다.

그렇게 당황하는 모습이 양주상의 눈에 들어왔다. 눈칫밥
을 먹는 낭인이라 타인의 눈치를 살피는 것에 도가 텄다.

7장

　양주상은 나소추에게 무슨 문제가 생겼다고 판단했다. 그
는 급히 낭인들에게 소리쳤다.

　"뭣들 해! 당장 공격해!"

　양주상은 지면을 박차며 나소추에게 신형을 날렸다.

　휘익.

　낭인들은 동시다발적으로 소리쳤다.

　"놈을 죽이자!"

　"동료를 죽인 놈이야!"

　"조심해!"

　다섯 낭인은 나소추에게 쇄도했다.

　나소추의 눈동자에 다급한 빛이 떠올랐다. 낭인들이 한꺼
번에 짓쳐 들었다.

'이런, 빌어먹을.'

나소추는 급히 물러서려고 했다가 순간 멈칫했다.

'내가 겨우 이딴 놈들 때문에……'

자존심이 상했다.

나소추는 낭인들에게 등을 보이기가 싫었다.

낭인들은 그의 일초지적도 되지 못했다.

그런 상대에게 등을 보인다?

나소추로서는 말이 안 되는 일인 것이다.

'있을 수 없는 일이야. 내공이 어찌 된 영문인지는 모르 겠지만, 이깟 놈들 쯤이야.'

나소추는 짓쳐 드는 낭인들을 얕잡아 보았다. 그는 검을 우측으로 휘두르며 소리쳤다.

"덤벼라, 이 버러지들아!"

양주상은 눈빛을 반짝였다. 귀에 들리는 나소추의 말이 몹시 불쾌했다.

'강한 자다!'

양주상은 나소추가 자신들보다 훨씬 강한 고수라는 것을 인정했다. 그는 검을 재빨리 늘어뜨렸다. 그러고는 검봉으 로 땅을 긁어 갔다.

드드드드.

낭인들은 나소추의 정면을 비워 두었다. 양주상의 몫이었 던 것이다.

그들은 나소추를 중심으로 오각(五角)의 형태로 움직였다.

나소추는 이를 악물며 사력을 다해 내공을 끌어 올렸다. 단전이 금방이라도 찢어질 것 같았다.

'젠장, 도대체 왜…….'

분통이 터졌다.

가느다란, 미약한 내기가 일었다. 그는 내기를 검에 흘려 보냈다.

나소추는 원을 그리듯 빙글 돌았다.

"죽여 주마! 으하하하!"

호기로운 웃음이 울렸다.

나소추의 검이 낭인들을 향했다.

슈아아아.

다섯 낭인은 각자의 검으로 나소추의 검세를 막아갔다.

검과 검이 부딪치는 맹렬한 소리가 울렸다.

따다당!

다섯 낭인은 비틀거리며 신음을 흘렸다.

"큭!"

"으윽!"

나소추의 검과 부딪치며 공력이 스며들었다.

찌릿찌릿.

손목이 욱신거리고 전율스러운 느낌이 온몸을 타고 흘렀다.

낭인들은 와락 인상을 물러났다.

나소추는 일검으로 다섯 낭인을 격퇴해 득의양양했다.

"버러지들 같으니."

나소추는 비릿한 미소를 지으며 검을 정면으로 뻗었다.

슈우욱.

그사이 양주상이 정면에서 달려들었다.

나소추는 양주상의 목을 꿰뚫으려 했다. 검이 일직선의 경로로 나아갔다.

그 순간, 양주상은 눈빛을 반짝였다.

"아—야아!"

그는 힘껏 검을 올려쳤다.

허공에 흙이 뿌려졌다.

화아악.

나소추는 일순간 당황했다. 그제야 머릿속에 양주상이 검 봉으로 땅을 긁어 오던 것이 생각났다.

'아차!'

놓쳤다.

다섯 낭인을 상대하느라 양주상을 대수롭지 않게 넘겨 버렸다.

자만심이 부른 화였다.

나소추의 눈매가 가늘게 좁아지며 찌푸려졌다. 눈으로 흙이 들어오지 못하게 방비하는 것이다. 하지만 그것은 스스로 시야를 좁히는 것이었다. 더욱이 양주상의 검은 아래에서 활처럼 휘어진 호선의 검로를 그렸다.

시야의 사각을 노린 검초다.

일순간 섬뜩한 느낌이 강하게 일었다. 좌측 허리가 베이고, 쇠붙이 특유의 서늘함이 느껴졌다.

"크아악!"

좌측 허리에서 가슴 중앙까지 검흔이 생겼다. 붉은 선혈이 눈앞 허공으로 튀었다.

촤악.

양주상은 왼팔을 들어 얼굴을 가렸다. 그는 팔뚝에 두 눈동자를 걸치듯, 시퍼런 눈빛을 번쩍였다.

'지금이 아니면 이자를 죽일 수 없어.'

양주상은 사력을 다해 오른 손아귀에 쥔 검병을 빙그르 돌렸다. 그러고는 검을 거꾸로 잡았다.

나소추는 그사이 비틀거리며 뒷걸음으로 물러났다. 그는 그 와중에도 양주상에게 검을 그었다.

쉬이익.

검은 좌에서 우로 이어지는 검로로 움직였다.

나소추의 검이 양주상의 가슴을 스치려 했다.

양주상은 한 걸음을 성큼 딛으며 왼 팔뚝을 내밀었다.

스읏.

나소추의 검이 팔뚝을 그었다.

"크아악!"

양주상은 검에 베이는 고통에 험악한 인상을 썼다. 그는 나소추에게 몸을 던지듯 날렸다. 그러고는 나소추의 가슴을 들이받았다.

콰앙, 콰당탕!

나소추는 충격에 뒤로 넘어졌다.

"크윽!"

양주상은 나소추의 가슴을 깔아뭉개며, 오른손에 쥔 검을 들어 올렸다. 그러고는 즉시 나소추의 좌측 가슴에 깊이 박아넣었다.

푸욱.

검신의 삼분지 이만이 남았다. 나머지 삼분지 일은 나소추의 가슴을 깊이 파고들었다.

"으아아아악!"

나소추는 참을 수 없는 고통에 격렬하게 경련했다. 그의 눈동자에 여름의 푸른 하늘이 한가득 들어왔다.

'사⋯⋯ 사부⋯⋯.'

어릴 적, 스승 천존이 무공을 가르치며 한 말이 머릿속으로 떠올랐다.

"잘 기억해 둬라. 무공이 강한 고수가 하수를 상대로 이길 수는 있으되, 죽이는 것은 생각밖으로 매우 어렵다. 상대와 싸우는 지형과 환경, 그리고 시기 등 다른 조건들이 아주 복잡하게 뒤엉킨다. 하니 절대 방심하지 마라! 죽일 수 있을 때, 상대를 가차없이 죽여라. 그리고 죽일 수 없다면 아예 처음부터 상대하지 마라. 명심해라, 소추야. 무공 이전에 마음이 먼저이고, 마음 이전에 의지가 먼저라는 것

을! 독을 품은 상대는 왕왕 이해할 수 없는 결과를 만들어
낸다. 그래서 강호에 이런 경구가 있다. '상대의 무공을 보
지 말고, 상대 그 자체를 보라'는. 알겠느냐? 무공은 상대
적인 것이다. 절대적인 것이 아님을 잊지 말아라. 적어도
무공이 화신지경에 이른 고수라면 몰라도, 그렇지 않다면
그 어떤 경우에라도 방심을 허용해서는 아니 된다."

나소추는 죽어가며 진한 의문의 답을 풀고자했다.
'왜 내공이……'
이해할 수가 없었다.
나소추의 고개를 돌아가며 힘없이 땅으로 떨어졌다.
툭.
그의 두 눈은 풀리지 않는 의문에 부릅떠졌다.
양주상은 나소추가 숨을 거두자 천천히 자리에서 일어났
다.
"허, 헉."
양주상은 급히 웃옷을 벗어 좌측 팔뚝에 친친 감았다.
"크으윽."
적잖은 고통이 느껴졌다.
다섯 낭인이 그사이 양주상의 곁으로 모여들었다.
"형님, 괜찮으십니까?"
"휴우, 대단하십니다."
"까닥 잘못했으면 우리가 당할 뻔했습니다."

양주상은 시선을 숙여 나소추를 내려다보았다.

"강한 자였다. 한데……."

양주상은 뭔가 미심쩍었다.

다섯 낭인 중 한 사람이 양주상에게 말했다.

"왜 그러십니까, 형님?"

양주상은 고개를 가볍게 내저었다.

"아니다. 어서 이곳을 뜨자. 행여 천존부 놈들이 몰려오면 달아날 수 없을지도 모른다."

다섯 낭인은 고개를 끄덕였다.

"알겠습니다. 가시죠."

"그나저나 형님, 끝내주셨습니다."

"어서 가자."

양주상과 다섯 낭인은 급히 돌아섰다. 그들은 다급하게 달음박질쳤다.

한 줄기 바람이 불어와 홀로 남은 나소추를 스치고 지나갔다.

휘이이이잉.

나소추의 머리카락 몇 올이 흐느적거리며 날렸다.

꽈앙! 우르릉─ 콰아앙!

천번지복이 일어나는 것 같은 굉음이 장내를 줄달음쳤다.

분노 어린 패도가 일으키는 막강한 힘이 주위에 있는 모
든 것을 쓸었다.

꾸아앙!

한 전각이 가공할 힘에 직격당하며 허물어졌다. 자욱한
먼지가 뭉게구름처럼 일었다.

쿠아아앙!

다른 전각이 중심을 잃고 옆으로 기우뚱거리더니 무너졌
다.

"우아아악!"

그 와중에 다수의 무복인이 천참만륙되어 죽어갔다. 그들
이 지르는 비명이 공간을 한순간 그득 메웠다.

"어디에 있느냐?"

임유성은 대성일갈하며 패도로 모든 것을 다 부수었다.
그가 일으키는 절대력이 사방팔방으로 짓쳐 나갔다. 힘은
사람과 전각을 구분하지 않았다.

오로지 죽이고 부술 뿐.

임유성은 흉신악살 같은 모습으로 극악하기 짝이 없는 살
기를 뿜었다.

그를 한 점으로 반경 십여 장의 공간에 극강한 힘이 소용
돌이쳤다.

천마무적신강(天魔無敵神罡).

그 이름으로 불리는 절대지공은 영곡산의 무림맹을 지옥
으로 만들고 있었다.

콰아앙!

"으아아악!"

쿠아아앙!

"케애액!"

임유성은 무림맹 곳곳을 질풍처럼 지나치며 시야에 보이는 모든 것을 향해 패도를 내쳤다.

"무림맹주 초묵천은 어디에 있느냐?"

임유성의 외침이 무림맹을 뒤흔들었다.

무림맹의 무사인 무복인들은 겁에 질려 와들와들 떨었다.

"모······ 모르오."

"어느 날 갑자기 사라졌소."

"제발······ 제발 살려 주시오."

임유성은 겁에 질린 무복인들의 애원을 짓밟았다.

"말하라!"

대성일갈과 함께 패도가 무복인들이 모여 있는 곳을 직격했다.

콰아아아앙!

땅이 사방으로 폭발하듯 터졌다.

"으아아아악!"

"사람 살······ 우와아아악!"

무복인들은 감당할 수 없는 극강한 힘에 몸이 산산이 흩어졌다.

땅거죽이 뒤집히고 공중으로 치솟았다. 짙은 먼지가 일어

206 낭도

안개처럼 모든 것을 덮었다. 전각은 맥없이 무너지고 허물어졌다.

가히 한 폭의 지옥도라 해도 과언이 아닌 광경이었다.

임유성의 분노는 무림맹을 쑥대밭으로 만들었다. 그의 손속에 무복인들은 허무하게 죽어 나갈 수밖에 없었다. 저항이란 없었고, 맞서 싸운다는 생각 자체가 일지 않았다.

항거 불능, 대적불가의 극에 있는 절대력의 소유자였기 때문이다.

홀로 천하를 짓밟고도 남음이 있는 위세.

임유성은 무당에서 털어놓지 못했던 감정의 앙금을 아낌없이 풀어냈다.

"말해! 초묵천이 있는 곳을! 그가 어디에 있는지 말하란 말이야!"

패도가 공간을 직선으로 가로질렀다.

쿠오오오오.

막강한 도세가 일어나 주위를 휩쓸었다.

콰, 콰, 콰, 쾅!

무복인들이 도세에 처참하게 짓이겨지고 흩어졌다.

"크아아아악!"

"으아악!"

조금 전까지 멀쩡했던 육신이 무수히 많은 육편으로 돌변해 흩어졌다.

피의 비, 혈우가 내리고 붉은 안개가 무림맹을 덮쳤다.

무지막지한 살육이었다.

임유성은 미쳐 날뛰었다. 원하는 것을 손에 쥐지 못한 분노가 처참한 살육을 불러왔다.

"우와아아악! 다 죽인다! 단 한 놈도 살려 두지 않을 것이다!"

살기가 하늘을 뒤덮는 해일인 양 일어나 사방팔방을 향해 물결쳤다.

살아남은 무복인들은 부들부들 떨며 공포에 질린 표정을 지었다. 그들은 잔뜩 몸을 움츠리며 손에 든 검을 내려놓기 바빴다.

"살려 주십시오."

"투항합니다."

"시키는 대로 뭐든 다 하겠습니다."

"부디 목숨만 살려 주십시오."

임유성은 받아들이지 않았다. 그는 한 마리 광포한 야수가 되어 외쳤다.

"말해! 초묵천은 어디에 있나?"

쩌렁쩌렁한 일성이 뇌성이 되어 무림맹을 질주했다.

그때였다. 세 남녀가 임유성의 앞으로 떨어져 내렸다.

"그만하게."

"제발 좀 진정해요."

"멈춰."

임유성은 외침이 들린, 세 남녀가 내려선 오른쪽으로 돌

208 낭도

아섰다. 두 눈동자에 반가운 빛이 떠올랐다. 얼굴에 자신도 모르게 미소가 머금어졌다.

"살아 있었네."

임유성의 입에서 어울리지 않는 목소리가 흘러나왔다.

보미랑과 방일수는 눈시울을 붉혔다.

절명낙혼(絕命落魂) 좌고륭은 침묵했다. 그의 안색은 매우 어두웠다.

'허어⋯⋯.'

허탈했다. 그의 눈에 보이는 광경은 한마디로 처참, 그 자체였다. 주변에 온전한 것이라고는 아무것도 없었다.

그리고 그의 눈에 들어오는 무복인들. 가련하기 짝이 없었다. 오들오들 떠는 모습이 영락없이 어미를 잃고 비를 잔뜩 맞은 강아지 새끼들 같았다.

보미랑과 방일수는 말없이 임유성을 쳐다보았다.

임유성은 두 사람을 보며 고통스러운 눈빛을 띠었다. 얼굴에는 처연한 표정이 지어졌다.

방일수는 떨리는 목소리로 물었다.

"조장은 어떻게⋯⋯."

"어디에 있어요?"

보미랑은 주위를 둘러보았다.

임유성은 고개를 숙였다. 입술을 비집고 슬픔과 고통이 진하게 배인 가느다란 목소리가 흘러나왔다.

"형님은⋯⋯ 형님은⋯⋯."

임유성은 입술을 깨물었다.

주룩.

가느다란 피가 흘러내렸다.

방일수와 보미랑은 비틀거렸다.

"결국."

"바보같이."

임유성은 비감한 목소리로 말했다.

"미안해. 정말……."

방일수는 꽉 두 손을 움켜쥐었다.

보미랑은 눈물 젖은 눈으로 임유성을 바라보았다. 그녀의 눈에 보이는 임유성은 죄책감을 느끼고 있는 것 같았다.

보미랑은 살며시 말했다.

"조장이 죽을 때 남긴 말 없었어요?"

임유성은 고개를 숙인 채 말했다.

"날 살리려다가 죽었어. 나더러 도망치라고……."

보미랑은 고개를 옆으로 돌렸다. 그녀의 뺨을 작은 눈물이 타고 흘렀다.

방일수는 고개를 숙여 지면을 바라보았다.

"바보같이 죽긴 왜 죽어! 십팔!"

좌고륭은 말없이 세 사람을 쳐다보았다.

석년, 그가 보미랑과 방일수를 황급히 빼돌렸기에 두 사람은 살아남을 수 있었다.

좌고륭은 임유성에게 쳐다보았다.

"이만 이들을 용서해 주게. 이들은 아무것도 모르네. 그저 윗사람의 명에 따랐을 뿐이네."

임유성은 천천히 고개를 들었다. 그는 좌고릉을 쳐다보며 물었다.

"초묵천, 그가 지금 어디에 있는지 아십니까?"

좌고릉은 움찔거렸다.

"자네, 꼭 그분을 죽여야겠는가?"

임유성은 좌고릉을 바라보며 고개를 끄덕였다.

"정리를 해야 하지 않겠습니까?"

"죽이는 것만이 정리는 아니지 않는가?"

"그자는 과거 저와 형님을 죽이는 일에 관여했습니다. 또한 형님이나 제 조부님의 일에도 관계가 있고 말입니다."

좌고릉은 얼굴을 흠칫했다.

"경혼조의 일 말인가?"

"……."

임유성은 말없이 고개를 끄덕였다.

좌고릉은 나직이 한숨을 내쉬었다.

"휴우, 나 또한 강호에서 떠도는 말은 다 들었네. 자네가 경혼조의 후손이라니."

"저뿐만이 아닙니다. 죽은 장손벽하, 그녀도 그렇고……."

좌고릉은 움찔거렸다. 그는 머릿속으로 섬기는 주인 남궁후가 떠올랐다.

좌고륭의 얼굴을 아픈 빛이 스쳤다.

임유성을 좌고륭을 보며 눈빛을 반짝였다.

"초묵천의 행방을 아시면 말씀해 주시겠습니까?"

"자네는 내가 그분의 행방을 알고 있다는 것처럼 말하는군."

"남궁후, 그의 스승이 아닙니까."

"자네, 그동안 꽤 많은 것을 들은 것 같군. 사람이 변했어."

"죽다 살아 돌아왔습니다. 지옥의 입구까지 갔는데 염라대왕이 그러더군요. 자신 대신 세상을 좀먹는 쥐새끼 같은 인간들을 왕창 저승으로 보내달라고요."

좌고륭은 실소했다.

"풋."

임유성은 말없이 좌고륭을 쳐다보았다.

좌고륭 또한 임유성을 마주 보았다. 두 사람은 잠시 동안 서로를 보며 침묵했다.

"……"

방일수와 보미랑은 좌고륭에게 쳐다보았다.

과거 두 사람은 좌고륭의 신세를 졌다. 그에게 빚이 있는 것이다. 그 때문에 좌고륭에게 임유성에게 말해 주라고 청하기 어려웠다.

좌고륭은 천천히 입을 열었다.

"내가 말해 주면 여기에서 떠나 주겠는가?"

임유성은 말없이 고개를 가볍게 끄덕였다.

"사천으로 가 보게. 그리고 자네가 알고 있는지 모르겠네만, 초묵천 그분에게는 비밀 세력이 있다네."

"비밀 세력?"

임유성은 의혹의 표정을 지었다.

좌고룡은 임유성에게 심상치 않은 눈빛을 던졌다.

"낭인시장."

순간, 임유성과 방일수, 그리고 보미랑은 대경한 표정을 지었다.

청천벽력 같은 말이었다.

"석년 초묵천, 그분은 구대문파를 견제할 목적으로 은밀히 낭인시장을 만들었네. 그리고 이면에서 낭인들을 조종하며 강호의 정세를 조율했다네."

임유성의 눈썹이 파르르 떨렸다. 너무나도 놀라운 말이었다.

"내가 자네에게 이런 말을 하는 것은, 자네가 그분을 쫓아 사천으로 움직일 때 자네의 동료들이 발목을 잡을지도 모르기 때문일세. 자네 또한 낭인이 아닌가. 과연 안면이 있는 다른 낭인들을 죽일 수 있겠는가?"

임유성은 한일자로 굳게 입을 다물었다. 뭐라고 말해야 할지 혼란스러웠다.

방일수와 보미랑은 망연한 모습이었다. 두 사람은 혼란에 빠져 어쩔 줄을 몰라 했다.

임유성은 좌고룡을 쳐다보며 또박또박 한 글자씩 힘주어
말했다.

"죽여야 한다면, 죽일 것입니다!"

단호하며 가차없는 목소리였다.

방일수와 보미랑은 자지러졌다.

"안 돼!"

"우린 다 같은 낭인이에요!"

임유성은 좌고룡을 쳐다보며 결연한 목소리로 대꾸했다.

"초묵천, 그자의 사주를 받는 자는 내게는 모두 적입니
다."

좌고룡은 눈매를 찌푸렸다.

'도대체 피를 얼마나 보려고……'

좌고룡은 심중 걱정이 되었다. 앞에 서 있는 임유성은 강
해도 너무 강했다. 그가 살수를 펼친다면, 벗어날 수 있는
사람이 과연 있을지 의문이었다.

임유성은 좌고룡에게 고개를 살짝 숙였다.

"다음에 뵙지요."

"될 수 있는 한 피를 보는 것을 좀 줄이게. 자네를 보고
있노라면, 솔직히 너무 무섭네."

"강호 무인이 아니십니까? 그런 분이 피를 보는 것을 꺼
리십니까?"

"피도 피 나름이네. 여기에 있는 이들처럼 무고한 자들의
피는 보고 싶지 않네."

"글쎄요. 전 생각이 다릅니다. 초묵천이나 황매 상인, 그리고 굉법 대사 같은 이들이 설칠 수 있던 이유는, 그들을 따르고 방관하며 은연중에 몸을 사린 이들 때문이 아닌가 생각합니다. 옳지 않은 일을 하는 자를 향해 옳지 않다고 말하지 못하는 자들은 죽어 마땅합니다. 그 옳지 않은 일에 희생당하는 이들이 흘릴 피눈물에 방관하고 일조한 것이 아니겠습니까?"

"닥치는 대로 다 죽일 작정인가?"

"필요하다면 그럴 생각입니다."

좌고릉은 두려웠다.

임유성은 거칠고 사나운 죽음, 그 자체다. 눈에 거슬리는 자들은 몽땅 죽이고도 남음이 있다.

무지막지하고 무시무시했다.

좌고릉은 두려움에 말했다.

"내 한 가지만 물어보세."

"네, 말씀하십시오."

"누가 자네에게 그와 같은 권한을 부여했는가? 누가 자네에게 그리 사람을 쳐 죽여도 된다고 말했는가? 자네에게 그럴 권리가 있는가?"

"권한은 제 스스로 부여했습니다. 저는 당했으니까요. 그들에게 당한 이의 손자이니까요. 저에게 말한 사람은 없습니다. 제 스스로가 말했지요. 받았으니 응당 돌려주라고 말입니다. 그리고 권리라고 하셨습니까? 우습군요. 당하는 자는 당할 의무가 있어 당했는지 아십니까? 그 당한 자를 핍박한 자는 무슨 권리가 있어 그리하였습니까? 처음부터 권리가 없었는데, 무슨 의무가 있겠습니까?"

강렬한 살기가 일어났다. 살기는 서 있는 임무광의 머리 위, 고공으로 뻗었다.

쿠—콰아아아아!

임유성을 지켜보는 이들 모두 격렬하게 경련했다.

임유성은 주위가 떠나가라 일갈했다.

"피의 길을 걸어가는 것을 후회하지 않겠습니다! 내 앞을 가로막는 자는 오직 죽음뿐! 나는 의지로서, 마음에서 이는 대로 행하고자 할 뿐입니다. 내 눈에 죽여야 할 자로 보이면 죽일 것이고, 내 마음이 죽여서는 아니 될 사람이라 말하면 죽이지 아니 할 것입니다."

위풍당당하다.

천하를 호령하는 패자(?者)의 위세가 물씬 풍겼다.

임유성은 천천히 뒤돌아섰다. 그는 좌고륭에게 등을 보이며 성큼성큼 걸어갔다.

방일수와 보미랑은 급히 임유성의 좌우로 따라붙었다.

좌고륭은 임유성을 보면서 길게 한숨을 쉬었다.

"휴우, 당대 강호에 전대미문의 살성이 탄생했음인가?"

그 순간, 한줄기 청량한 바람이 불어왔다.

무림맹의 살아남은 무복인들.

그들은 망연자실한 눈으로 멀어져 가는 임유성을 쳐다보

았다.

◈　　　◈　　　◈

며칠이 지났다.

당가를 중심으로 아미, 곤륜, 공동은 성도 외곽에 진형을
구축했다.

금양 도장과 구하 진인, 그리고 수심 사태는 성도를 버리
자고 말했다.

당무곡은 고개를 저어 강하게 반대했다.

"성도는 사천의 상징이자 중심입니다. 그런 성도를 천존
부에 내줄 수는 없습니다. 이것은 우리 사천무림의 자존심
입니다. 이곳에서 끝장을 볼 것입니다. 아시겠습니까?"

당무곡은 고집을 부렸다.

금양 도장을 비롯한 세 문파의 장문인은 눈살을 찌푸렸
다. 하나 도망치지는 않았다. 이미 막다른 길에 몰린 처지
라 달리 갈 곳이 없었다.

청성파처럼 각자의 근거지로 돌아간다면, 십중팔구는 각
개격파를 당할 뿐이다.

세 문파의 장문인은 그 사실을 직시하고 있었다. 천생 싸
울 수밖에 다른 선택이 없었다. 그나마 다행이라면, 무림맹

주 초묵천이 가세하겠다는 연락을 보내 온 것이었다.

세 문파의 장문인은 초묵천에게 한가닥 기대를 걸었다.

천막 안, 당무곡은 그의 앞에 서 있는 당군선을 바라보았다.

그는 처연한 눈빛을 띠었다.

"본 가는 어쩌고?"

"백모님의 명이세요. 본 가는 내원의 여인들과 아이들이 지킬 것이라 하셨어요. 당가의 투혼이 어떤 것인지 보여 주라 당부하시며……."

당무곡은 가슴이 울컥했다.

'어머니…….'

당무곡은 모친 고국려의 각오에 일순 부끄러웠다.

"오라버니."

"할 말이 있으면 해라."

"승산이 있겠어요?"

"……."

"역시 그렇군요. 그래도 독인까지 만들어 냈는데……."

"군선아."

"네."

"독인보다 더 한 마물이 있었다."

"마물?"

"그래. 고통을 느끼지도 못하며 종국에는 독인들을 찢어 죽인 마물들."

당군선은 당무곡을 쳐다보며 대경한 표정을 지었다.

"군선아."

"네, 오라버니."

"내가 연락을 보낸 것은 가져왔느냐?"

"네. 본 가의 병기고에 있는 폭우이화침(暴雨梨花針)과 천뢰구(天雷球)를 모조리 다 가져왔어요."

"그래, 수고 많았다."

"오라버니."

"응?"

"상황이 두 암기를 쓸 만큼 최악인가요?"

"군선아."

"네."

당무곡은 당군선을 직시하며 짙은 비애가 어린 눈빛을 띠었다.

"우리 당가의 정예들이 모조리 다 죽었다. 삼수와 삼독이······."

당군선은 두 손을 불끈 쥐며 당차게 말했다.

"암기는 제가 맡도록 하겠어요."

"너······."

"암기는 제대로 다룰 줄 아는 자가 써야 해요."

당무곡은 가만히 당군선을 바라보았다.

"할 수 있겠느냐?"

"해야죠. 오라버니가 말씀하신 그 마물들이 그리 강하다면."

"널 믿는다."

"고마워요, 오라버니."

당군선은 고개를 숙였다.

'우리 당가의 폭우이화침과 천뢰구라면 죽이지 못할 것이 없어요, 오라버니.'

당군선은 믿고 있었다.

그녀가 당가의 병기고에서 꺼내 온 두 암기, 폭우이화침과 천뢰구는 대인 살상용 암기 중 천하제일과 제이를 다투는 암기다.

다수의 적에게 두 암기를 던질 경우, 폭약에 의해서 폭발하며 사방 수십여 장에 걸쳐 셀 수 없는 강침들이 쏟아져 나간다.

두께 다섯 치 어림의 쇠를 관통할 정도인 강침은 그 위력이 비할 바 없이 강력하다. 막을 수 있는 것이 거의 전무하다. 그 때문에 금약이 있다.

당가가 멸문지경에 이르기 전에는 결코 사용할 수 없다고 가법에 명시되었다.

고국려는 당무곡의 연락을 받고 당가의 병기고를 개방했다. 두 암기가 보관된 병기고의 열쇠는 그녀만이 갖고 있었다.

당가에서 제일 어른이 바로 그녀 고국려였기 때문이다.

당무곡은 고개를 들어 올리는 당군선을 보며 의미심장한 눈빛을 반짝였다.

당군선은 당무곡을 직시하며 살며시 미소 지었다.

그녀의 미소는 섬뜩했다. 주변 일 장에 으스스한 한기가 감돌았다.

'우리 당가를 건드린 것을 뼈저리게 후회하도록 만들어 주마. 천존부의 개들아.'

당군선은 표독한 기색을 띠며 별렀다.

보복을 위해······.

미산에서의 일이 낭인시장에 알려졌다. 양주상 외에 살아남은 다섯 낭인이 통문을 돌렸다. 그리고 만나는 낭인들마다 죄다 입을 놀렸다.

—배신 행위야.

—우리 목숨을 무슨 파리 목숨쯤으로 여기다니.

—지들이 명문정파면 정파지. 그런 식으로 뒤통수를 쳐?

낭인들은 매우 흥분했다. 천존부보다 당가를 비롯한 세 문파에 더 적대적이었다.

그 탓에 낭인시장을 책임진 백의활의(白衣活醫) 연추신

과 총관 격인 낭관 채무해는 죽을 지경이었다.

그 와중에 낭인시장의 실질적인 주인인 초묵천이 따르는 세력을 이끌고 낭인시장으로 들어왔다. 그 바람에 낭인들은 어리둥절해했다.

"뭐야?"

"왜 갑자기 대규모의 무사들이······."

"어럽쇼? 저치들, 무림맹이잖아?"

낭인들은 무림맹의 인물들이 낭인시장으로 들어오는 것에 의아해했다.

혼란과 의문이 낭인시장을 휩쓸었다.

연추신은 낭인들에게 말했다.

"낭인시장은 본래 무림맹의 감추어진 비밀 세력이었소."

낭인들은 어안이 벙벙했다.

"이제 우리는 본연의 자세로 돌아가 무림맹의 일원으로서 저 악도 천존부와 맞서 싸우기 위해 분연히 일어나······."

낭인들은 고함쳤다.

"우리가 왜 무림맹이야!"

"어따 대고 무림맹이야! 우린 낭인이라고!"

"가고 싶으면 가고, 오고 싶으면 오는 자유로운 낭인이야!"

"우리가 왜 천존부 놈들과 싸워? 누구 좋으라고!"

"미산에서 우리를 배신한 놈들을 놔두고 천존부와 싸우라고?"

"그것도 무림맹 소속으로?"

"에라, 엿 먹어라."

낭인들은 등 돌렸다. 그들은 빠르게 낭인시장을 빠져나가기 시작했다.

연추신은 채무해를 통해 낭두와 낭사들을 움직였다.

"붙잡아라. 우리에게는 낭인들이 필요하다."

채무해는 황급히 연추신에게 말했다.

"불가능합니다. 그럴 경우, 곧바로 충돌이 일어납니다. 맹주님을 따르는 이들과 낭인들이 싸우면 분명 맹주님을 따르는 이들이 이길 것이나, 적잖은 피해를 볼 수도 있습니다. 더욱이 천존부와 아직 부딪치지도 않았습니다."

연추신은 망연했다.

낭인들과 충돌해 봐야 득될 것이 하나도 없었다. 그렇다고 마냥 낭인들이 낭인시장을 빠져나가는 것을 보고만 있을 수도 없었다.

초묵천은 연추신이 쓰던 거처를 자신의 거처로 삼았다.

거처는 비교적 소박했다. 서탁이 뒤쪽에 있고, 앞쪽에는 회의를 위한 널찍한 사각의 탁자가 있었다.

그 탁자에 연추신과 채무해, 그리고 익여의가 앉아 있었다.

초묵천은 탁자의 중앙에 앉아 말했다.

"추신."

"네, 주군."

"낭인시장의 상황이 별로 안 좋다면서?"

"죄송합니다. 제가 불민하여 그만."

초묵천은 연추신을 보며 오른손을 들어 올렸다.

"무슨 소리. 자네는 이제까지 아주 잘해 주었네. 채무해."

초묵천은 고개를 돌려 좌측에 앉은 채무해를 보았다.

"예, 주군."

"해결책은 있는가? 우리에겐 낭인들이 필요한데."

"한 가지 묘책이 있긴 합니다만, 그것이 좀 힘든 것이라……."

"말해 보게."

"네, 주군. 낭인들은 본래 돈과 무공 비급이라면 사족을 못 씁니다. 그러니 그것으로 낭인들을 회유하면 어떨까 싶습니다."

초묵천은 눈살을 찡그렸다. 마음에 들지 않는다는 기색이 떠올랐다.

익여의가 대화에 끼어들었다.

"맹주님."

"뭔가, 여의?"

"맹주님, 천존부와 싸우는 것도 그렇고, 훗날 다시 중원 무림을 도모하시고자 하시는 대업에도 낭인들은 필수불가결한 존재들입니다. 애당초 맹주님께서 왜 낭인시장을 만드셨는지 그 이유를 다시금 돌이켜 봐 주십시오."

초묵천은 얼굴을 경직했다.

"일찍이 내가 낭인시장을 만들려고 생각했던 것은 세력 때문이었지, 여의. 구대문파와 강호세가들은 제각각 영역을 가지고 세력을 일구고 있었으나, 나나 우리 초씨세가는 그들에 비하면 세력이라고 부르기도 민망했지. 그래서 낭인시장을 세울 생각을 했어. 낭인시장을 이용해 낭인들을 끌어들여 세력을 만들고, 낭인들을 통해 중원 각지의 정보를 모으며, 낭인들을 통해 구파를 견제할 의도였지."

익여의는 재빨리 말했다.

"맹주님, 어차피 맹에서 가지고 온 것은 훗날 맹주님께서 몸을 일으키실 때 쓰시고자 한 것이 아닙니까. 낭인들은 실전경험이 아주 풍부합니다. 그자들이 영약을 복용하고 무공이 높아진다면, 능히 쓸모가 많을 것입니다. 하오니 키워서 잡아먹으시지요."

"흐음, 키워서 잡아먹자?"

"네. 지금 이대로 낭인들을 놔둘 경우, 쓸 만한 놈들은 죄다 빠져나갈 버릴 것입니다. 어쩌면 지금이 세력을 키울 가장 좋은 때가 아닌가 생각합니다만."

익여의는 눈빛을 반짝였다.

연추신이 말했다.

"주군, 익 대주의 말에 한 치의 틀림이 없습니다. 이대로 놔두면 낭인시장은 자칫 붕괴할지도 모릅니다. 주군, 그간 낭인시장은 이끌고 온 것을 생각해서라도 부디 하해와 같은 은혜를 베풀어 주십시오."

"······."

초묵천은 말이 없었다. 그는 상념에 빠져드는 듯 고개를 숙였다.

좌중에 앉은 익여의, 연추신, 채무해는 초묵천을 쳐다보았다.

초묵천의 결심에 따라 낭인시장의 향방이 갈린다. 잠시 후 그는 고개를 들고 좌중을 둘러보았다.

"좋다. 어차피 맹에서 가지고 온 것은 써 먹기 위한 것이니 너희들 말대로 낭인들을 포섭하는 데 써도 좋다. 단, 어중이떠중이 놈들을 위해 쓰지 마라. 낭인들 중 일정한 수준에 이른 놈들만 골라 영입하도록 해라. 개나 소나 끌어들일 만큼 맹에서 가져온 것이 여유가 있는 것은 아니니. 알겠느냐?"

익여의, 연추신, 채무해는 안색이 밝아졌다. 그들은 동시에 소리쳐 대답하며 고개를 숙였다.

"예, 명심하겠습니다!"

초묵천은 세 사람을 보며 옅은 미소를 머금었다.

8장

　피가 튀고 살이 찢어진다는 말이 맞아떨어지는 광경이었다.

　땅이 하늘로 치솟고, 인근에 서 있던 자들이 덧없이 죽어 갔다. 불어오는 바람에 힘없이 날리는 가랑잎이 연산되는 모습이었다.

　죄다 천존부의 무사인 회의인들이었다. 게다가 일천혈광마 중 반수가 사라졌다.

　그들의 몸에는 매우 미세한 구멍들이 그득했다. 그 구멍에는 아주 가늘고 얇으며 미세한 강침들이 빽빽이 박혀 있었다.

　기괴한 광경이었다.

　호신강기마저 뚫는다는 강침의 위력은 일천혈광마를 영원

히 잠재웠다.

곳곳에서 폭음들이 연이어 들렸다.

콰, 콰, 콰아앙!

폭우이화침과 천뢰구가 쉴 새 없이 치솟으며 무지개가 연상되는 짧은 곡선을 그렸다. 그러고는 땅에 떨어져 천지를 뒤흔드는 폭음을 흘렸다.

꾸─꾸아아앙!

천존부의 이들이 사방팔방으로 날아갔다. 강침이 일순 공간을 뒤덮었다.

"끄아악!"

"아악!"

지면에 떨어지며 쓰러진 이들 중, 살아 움직이는 자는 없었다.

당무곡은 그 광경을 두 눈 부릅뜨고 지켜보았다.

수심 사태와 구하 진인, 그리고 금양 도장은 와들와들 몸을 떨었다.

그들의 눈에 보이는 광경은 상상조차 할 수 없는, 참혹하기 그지없는 지옥이었다.

"아미타불."

"원시천존."

그들은 불호와 도호를 읊조리며 당가의 암기에 짙은 두려움을 느꼈다.

사방 수십, 아니, 수백 장이 계속 던져지는 폭우이화정과 천뢰구에 터져 나갔다.

콰아앙!

땅이 뒤집히며 하늘로 치솟았다. 뭉게구름 같은 흙먼지들이 자욱하게 일어났다. 사방팔방으로 강침들이 가로질렀다.

쉐— 쉐— 쉐애액.

사람이든 바위든 나무든.

닥치는 대로 꿰뚫고 박혔다.

오백에 이르는 혈광마는 한순간 만신창이가 되었다. 튀어올랐다가 땅으로 뚝 떨어졌다. 그리고는 움직이지 않았다.

절대의 병기라고 말해도 손색이 없는 당가의 두 암기.

당군선은 표표히 옷자락을 날리며 대성일갈했다.

"던져라! 쉬지 말고 던져라! 감히 우리 당가의 식솔들을 무참히 죽인 놈들이다! 사정을 봐주지 마라! 당가의 무서움을 뼛속 깊이 아로새기도록 만들어 주어라!"

당군선의 뒤편에 서 있는 일단의 무사들은 내공을 이용해 폭우이화침과 천뢰구를 천존부의 이들을 향해 내던졌다.

두 암기는 상당한 거리를 날아갔다.

사수붕은 얼빠진 모습이었다. 그의 눈에 보이는 광경은 목불인견이었다.

검을 들고 서로 싸우는 것이 아니었다. 적은 움직이지도 않았다. 그저 끊임없이 암기만을 던질 뿐이다. 처참하다는 생각이 절로 드는 장내의 상황에 분노가 치솟았다.

사수붕은 떨며 이를 딱딱 부딪쳤다.

"다, 당가…… 이놈들…… 감히……."

망연자실이었다.

훌균하는 두 눈을 휘둥그레 떴다.

천존부의 무사들이 일방적으로 도살당하고 있었다. 적은 코빼기도 보이지 않는데, 폭음과 함께 사방으로 날아가 땅으로 떨어졌다. 사람의 목숨이 덧없기만 했다.

훌균하의 뒤쪽에 서 있는 국주광, 귀소, 낭륵타는 멍했다.

"맙소사! 당가의 암기가 무섭다는 말은 들었지만, 설마 저 정도일 줄이야."

"물러나야 합니다. 이대로는 모두 몰살입니다, 몰살이에요."

"왜 당가가 독과 암기로 강호를 떨어 울리는지……."

세 사람은 당가의 암기에 아연실색했다.

무공?

경공?

금강불괴와 같은 육체?

죄다 필요없었다. 강침들은 쏟아지는 비나 마찬가지였다. 사람이 아니라, 사람이 서 있는 공간 자체를 타격하는 것이었다. 특정 반경에 있는 모든 것을 강침이 말 그대로 쓸어버렸다. 막는다는 것은 불가능했다.

그때, 사수붕의 다급성이 들렸다.

"퇴—각! 퇴각시켜. 빨리!"

사수붕은 급했다.

가만 놔두었다가는 전멸이다. 대항할 수단이 전무한 상황에서 선택할 수 있는 유일한 것은 후퇴밖에 없었다.

국주광과 귀소. 그리고 낭륵타는 급히 땅을 차며 날아올랐다.

그들은 수하들을 향해 경공을 펼치며 고함쳤다.

"물러나라!"

"퇴각하라!"

"빨리 서둘러!"

세 사람은 전역으로 뛰어들어 수하들을 다그쳤다.

천존부의 무사들 후미가 제일 먼저 움직였다. 그들은 반전하며 무질서하게 도주했다.

"비켜!"

"제기랄!"

그들이 움직이자 중앙이 돌아서며 뒤따랐다. 선두는 사실상 전멸이었다. 살아 움직이는 무사를 찾아볼 수 없었다.

퇴각이 결정되고 물러나기 시작하자, 천존부 무사들은 오직 도주 외에 다른 것은 생각하지 않았다.

선두에 당가의 암기에 어떻게 당했는지 알기에 그야말로 혼신을 다해 도망쳤다.

당무곡은 당군선을 향해 고개를 돌렸다.

"군선아."

"알겠어요, 가주 오라버니."

당군선은 대답하며 고개를 돌려 암기를 던지는 이들을 바라보았다.

"그—만!"

당가의 무사들은 멈칫했다. 그들은 암기를 투척하던 동작을 멈췄다.

당무곡의 대성일갈이 권역(圈域)에 메아리쳤다.

"놈들이 도망친다! 공격하라! 놈들을 몰아붙여라!"

당가, 아미, 곤륜, 공동의 제자들이 함성을 지르며 몰려나갔다.

"우와아아아아!"

그들은 기세등등했다. 성난 파도가 전역에 들이닥쳐 찰나에 모든 것을 쓸어 버리는 것 같았다.

당무곡은 선두에서 당가의 무사들을 이끌고 내달렸다.

"공격하라. 단 한 놈도 살려 두지 마라!"

구하 진인은 뒤따르는 곤륜 제자들에게 외쳤다.

"천존부 놈들을 주살하라!"

금양 도장은 공동 제자들을 휘몰아 천존부의 무사들을 향해 내달렸다.

"한 놈도 놓쳐서는 안 된다! 쫓아라!"

수심 사태는 느긋했다.

그녀는 후미에서 천천히 움직이며 내달리려고 하는 아미 제자들에게 나직한 목소리로 말했다.

"불필요하게 나서지 마라. 적당히 발만 맞춰라."

아미 제자들은 불만스러운 얼굴빛을 띠었다. 하나 하늘 같은 장문인의 말이라 어쩔 수 없이 따랐다.

수심 사태는 정면을 바라보며 싱긋 미소 지었다.

'모든 일이 마무리되면…… 각 문파 중 가장 피해를 적게 입은 문파가 향후 주도권을 쥐게 된다.'

수심 사태는 염두를 굴리고 있었다. 그녀는 천존부가 패퇴한 후를 생각했다.

'맹주까지 나선 마당에 천존부 놈들이 계속 버티기는 어려울 것이니.'

수심 사태는 저만치에서 내달리는 당가, 곤륜, 공동의 제자들을 보며 눈빛을 반짝였다.

❖　　　❖　　　❖

사수붕의 얼굴이 일그러졌다. 퇴각을 명했더니 암기 투척이 중단되었다. 그리고는 서천지단에 속한 문파들이 일시에 뛰쳐나왔다.

"이 찢어 죽일 놈들이!"

사수붕은 난감했다.

이미 그가 이끄는 천존부의 무사들은 퇴각 중이다. 하나 같이 두서없이 무질서하게 달아나고 있었다. 전체 상황을 둘러보니, 아무래도 후미가 따라잡힐 것 같았다.

"빌어먹을."

사수붕은 알고 있었다.

가장 위험한 순간이 바로 퇴각할 때라는 것을. 후미를 따라 잡히면 혼란이 일어나 지휘 체계가 붕괴된다. 그리고 자칫 전체가 타격을 받을 수 있다.

정면에서 맞붙어 싸울 때보다 불리한 상황에서 물러날 때의 피해가 더 크다. 그 때문에 병가에서는 퇴각할 때 질서정연하며 엄정한 군기가 중요하다고 역설한다. 피해를 최소화하면 적이 함부로 달려들지 못하게 위협하는 측면이 있다.

홀균하는 장내를 둘러보고는 급히 사수붕을 쳐다보았다.

"원주님."

"알고 있다."

"저대로 두면 후미가 당합니다. 저깟 놈들이야 저희가 쉽게 상대할 수 있습니다. 반전해서 공격하도록 명을 내려 주십시오."

"미쳤느냐?"

"네?"

홀균하는 얼떨떨한 표정을 지었다.

사수붕은 고개를 돌려 홀균하를 쳐다보았다.

"네놈 눈에는 대열을 무너뜨리고 헝클어뜨리며 도망치는 데 급급한 저놈들이 안 보여? 반전하자고? 허! 잘도 그 명이 먹히겠다. 아니, 반전하느라 지체되는 틈에 전체가 자칭 무림맹 서천지단이라고 칭하는 놈들에게 짓밟힐 수도 있는

데, 지금 알고 그리 말하는 것이냐?"

사수붕은 분노의 표정을 지었다.

홀균하는 움찔하며 고개를 옆으로 돌렸다.

사수붕은 홀균하를 일별하고는 정면을 바라보았다.

"썩을. 당가 놈들의 암기에 제대로 당했어. 으드득."

사수붕은 분한 표정을 지으며 이를 갈았다.

시야에 당가의 무사들이 보였다. 선두에서 당무곡이 무사들을 이끌며 선동하고 있었다.

"당무곡. 그래, 충분히 즐겨라. 지금 이 순간이 아니면 네놈이 즐길 수 있는 기회는 없을 터이니."

사수붕은 차가운 한광을 번득였다.

계절은 무더운 한여름으로 치달았다.

낭인시장의 일부 낭인들이 내건 영단과 무공 비급에 혹해 잔류했다.

초묵천은 따르는 무리를 이끌고 서천지단의 이들과 합류했다.

그사이 임유성과 방일수, 그리고 보미랑은 사천으로 향했다. 그런데 뜻하지 않게 앞을 가로막고 나서는 자들이 있었다.

"비켜라!"

임유성은 길을 막아선 낭인들을 거침없이 뚫었다. 방일수와 보미랑은 그런 임유성에게 따라붙었다.

이백여 명의 낭인이 임유성과 접전을 벌였다.

패도가 끊임없이 휘둘러졌다.

스, 스아악.

살을 저미는 섬뜩한 소리가 들렸다.

"으아악!"

"우악!"

임유성이 내뻗고 휘두르는 패도를 따라 도광이 번쩍였다.

"가로막는 놈은 다 쳐 죽여 버린다! 비켜!"

임유성은 노호와 같이 낭인들을 베어 넘겼다.

그렇지만 낭인들은 임유성을 향해 꾸역꾸역 모여들었다.

"막아!"

"놈은 혼자다!"

"빌어먹을. 너무 강해!"

임유성의 진로를 막아서기만 하면 여지없이 피를 뿌리고 비명을 지르며 쓰러지는 낭인들.

임유성은 목소리에 내공을 실어 낭인들을 질타했다.

"나는 폭풍조였다! 너희들과 똑같은 낭인이란 말이다! 나를 막지 마라! 막는 자는 누가 되었든 죽여 버린다!"

임유성은 입술을 잘끈 깨물었다. 그는 단호한 표정을 지으며 광포한 살의를 내뿜었다.

방일수는 동남방에서 움직이며 낭인들을 상대했다.

채, 채앵!

방일수는 공격해 오는 낭인들에게 소리쳤다.

"꺼져, 이 미친 자식들아! 우린 너희와 같은 낭인이란 말이야!"

좌측에서 치고 들어오는 낭인들 중 한 사내가 대꾸했다.

"닥쳐라! 같은 낭인이라고 우리가 봐줄 것 같으냐? 의뢰주가 다르면 낭인들끼리 피를 보는 게 비일비재야!"

방일수는 분통이 터졌다.

사내의 말이 틀리지 않다. 간혹 강호문파가 서로 갈등을 빚어 낭인들을 고용할 때가 있다. 그럴 경우 낭인들은 각기 고용된 문파를 위해 서로를 죽여야 한다.

그것은 낭인들의 숙명이다.

"이 개새끼야, 그래도 한가닥 인정은 남겨 두는 게 우리들 낭인이잖아!"

방일수는 왼쪽으로 몸을 틀며 검을 내쳤다.

패액!

검은 우에서 좌로 공간을 양단했다.

"으아악!"

방일수의 검이 이름 모를 한 낭인의 얼굴을 스쳤다. 낭인은 두 손을 들어 얼굴을 가리며 비틀거렸다. 그는 검을 떨어뜨리며 뒤로 물러났다.

방일수는 임유성의 왼쪽으로 바짝 붙었다. 임유성과 떨어지는 순간, 죽게 될지도 몰랐다.

짜아악.

채찍이 허공을 때렸다.

보미랑의 일갈이 터졌다.

"어느 놈이든, 죽고 싶은 놈은 덤벼!"

보미랑은 임유성의 오른쪽으로 붙었다.

그녀는 채찍이 지닌 거리라는 이점을 살렸다. 우측에서 치고 들어오는 낭인들을 채찍으로 위협했다.

낭인들은 귀에 들리는 강렬한 파공음에 움찔했다.

"제기랄!"

"저 계집을 그냥!"

"좀 치고 들어가!"

"썩을. 누군 치고 들어가기 싫어서 그런 줄 알아! 누구든지 가까이 접근만 하면 채찍으로 때린다고! 알겠어!"

"십팔, 채찍에 맞는다고 죽어!"

"그러면 네놈이 한 번 치고 들어가 봐!"

"가라고 하면 못할 것 같아! 비켜!"

한 용감한 낭인이 나섰다. 그는 보미랑을 향해 달려들었다.

"죽어라, 계집!"

보미랑은 눈매를 반짝였다.

그녀의 손목이 낭인을 향해 뻗으며 손목이 미묘하게 틀어졌다.

찰나, 뻗어가던 채찍이 휘어졌다.

짜악.

채찍은 낭인의 얼굴 지척에서 강렬한 파공음을 일으켰다.

낭인은 왼쪽 눈동자에서 이는 고통을 주체할 수 없었다.

"끄아악!"

그는 비틀거리다가 쓰러졌다.

보미랑은 유쾌하게 웃었다.

"호호호!"

다른 낭인들이 그 광경에 중얼거렸다.

"병신 같은 놈."

"채찍이 뭔지도 모르는 놈이 어딜 나대."

낭인들은 몹시 꺼리는 눈으로 보미랑을 쳐다보았다. 그들의 눈에 보이는 보미랑은 임유성의 오른쪽에 바짝 붙어 있었다.

"젠장, 저놈의 채찍만 아니라면……."

낭인은 채찍이 지닌 특성을 생각했다.

의외로 쓸모가 많은 병기다. 간혹 뭐도 모르는 놈이 채찍을 우습게 본다. 하지만 채찍은 여타의 병기에 비해 독특한 우위를 가지고 있다.

채찍의 위력이 극명하게 드러나는 것은 내뻗고 거두는 순간이다. 일테면 조금 전처럼 허공을 때리는 순간을 말한다.

채찍은 적과 거리를 둔다.

그 때문에 적의 공격을 회피하기에 좋고, 시간적으로 여유가 있다. 또한 부드러워 변화와 방향을 예측하기 어렵다.

공수에 있어 채찍의 유용성을 따라잡을 만한 병기는 그리 흔치 않다.

임유성은 내달리며 내공을 운공했다. 그러고는 패도에 담았다.

도신이 격렬하게 진동했다.

부르르.

감당할 수 있는 한계치까지 내공을 담았기 때문이다.

임유성은 패도를 높이 들어 올리며 일갈했다.

"천 개에 이르는 도로서 죽은 이들의 넋을 위로하니, 천도진혼(千刀鎭魂)!"

도신에서 강렬한 빛이 터져 나왔다.

버—언—쩍.

빛은 임유성을 가로막은 낭인들의 눈동자로 쏘아졌다.

"무슨?"

"아, 앞이 안 보여!"

빛을 타고 수많은 도가 공간을 그었다.

슈아아아앙.

도는 부챗살처럼 퍼져 낭인들을 덮쳤다.

낭인들이 쏟아져 들어오는 도에 의해 꿰뚫렸다.

퍼, 퍼, 퍽!

낭인들이 고통에 겨워 울부짖었다.

"끄아악!"

"크억!"

"으악!"

삽시간이었다. 도가 나아가는 정면에 있던 낭인들의 피가 사방으로 튀었다.

"비켜라!"

임유성은 일갈했다.

살아남은 몇몇 낭인들이 그 말을 들었다.

"허억!"

"세상에!"

"피…… 피해!"

낭인들은 기겁하며 비켜섰다.

임유성은 질주했다.

쉬이이익.

방일수와 보미랑은 임유성을 바짝 따라붙었다.

세 사람은 낭인들을 돌파하며 빠르게 시야에서 멀어졌다.

낭인들은 얼어붙은 듯 망연자실한 얼굴로 멍하니 멈춰 섰다. 그러고는 임유성을 보며 두려움에 젖은 눈빛을 띠었다.

막을 엄두가 나지 않았다.

그 후 임유성과 방일수, 그리고 보미랑은 몇 번 더 낭인들과 부딪쳐야만 했다.

망설임은 없었다.

오로지 직진뿐이었다. 가로막는 모든 자들을 패도로 격살했다. 가로막은 낭인들은 변변한 저항 한 번 해 보지 못했다.

파죽지세였다.

임유성이 지나간 뒤에는 무수한 낭인들의 시신이 남았다.

―가로막지 마라. 가로막는 순간이 바로 죽는 순간이다.

낭인들 사이에서 임유성을 두고 그런 말이 돌기 시작했다.

❖   ❖   ❖

초묵천은 천천히 천막으로 들어섰다. 그 모습에 탁자에 앉아 있던 네 남녀가 일어났다.

당무곡, 수심 사태, 구하 진인, 금양 도장.

그들은 반가운 기색을 띠었다. 초묵천은 네 남녀에게는 지원군을 뜻한다.

당무곡은 전날의 섭섭함을 잊고 자신의 감정을 접었다.

초묵천은 네 남녀가 서 있는 탁자로 다가갔다.

네 사람은 다가오는 초묵천을 향해 고개를 숙였다.

"어서 오십시오, 맹주."

"오셔서 정말 반갑습니다, 원시천존."

"아미타불."

"자, 이리 좌정하십시오."

초묵천은 미소 띤 얼굴로 가볍게 고개를 숙였다. 그는 탁자 중앙으로 걸음을 뗐다.

초묵천과 네 남녀는 자리에 앉아 서로 대화했다.

"먼저 제가 늦게 온 점, 심심한 사과의 말씀을 드립니다."

네 사람은 정색을 했다.

"어인 말씀을."

"이제라도 오시지 않으셨습니까. 그럼 되었습니다."

"괜찮습니다, 맹주."

"어찌 그리 말씀을 하십니까."

초묵천은 여유로운 얼굴빛을 띠었다.

"제가 이리 늦은 것은 최근 느닷없이 나타난 살성 때문입니다. 다들 한 번쯤 들어 보셨을 줄로 압니다."

당무곡, 구하 진인, 금양 도장, 수심 사태.

네 남녀는 침묵했다. 다들 들었지만 천존부와 싸우느라 미처 챙기지 못했다. 당장 목으로 천존부의 서슬이 퍼런 검이 짓쳐 드는 형국이다. 다른 곳에 관심을 둘 겨를이 없었다.

"지금 그가 내 뒤를 쫓아 사천으로 오고 있습니다. 분명한 것은 그가 우리들 정파에 대해 몹시 적대적이라는 것입니다. 아울러 그가 올 경우, 우리는 앞에서는 천존부를, 뒤로는 그를 상대해야 합니다."

네 남녀의 안색이 급격히 어두워졌다.

천존부 하나만 해도 버거웠다. 그런데 무시할 수 없는 또 다른 적이 등 뒤에 있으니 결코 반갑지 않은 일이었다.

"해서 말인데……."

초묵천은 말끝을 흐리며 좌중에 앉은 네 남녀를 쳐다보았다.

네 남녀는 초묵천을 마주 보았다.

"나는 그를 천존부와 격돌하게 할 생각입니다. 해서 이곳 성도를 버리고 천존부와 그 패왕이라는 자를 어떤 장소로 끌어들이고자 합니다."

당무곡은 얼굴에 심기 불편한 기색을 띠었다. 성도의 상징성과 자존심상 성도를 버리기 어려웠기 때문이다.

"맹주, 어디를 염두에 두고 계신 것입니까?"

초묵천은 단호하게 말했다.

"금당협."

당무곡과 수심 사태는 순간 흠칫했다.

구하 진인과 금양 도장은 의아한 표정을 지었다.

두 사람은 사천의 지형을 몰랐다. 그들은 당무곡을 쳐다보았다.

"가주."

"아시오?"

당무곡은 초묵천을 보며 대답했다.

"성도에서 중강현으로 가는 관도 오른쪽에 있는 곳입니다. 양쪽이 깎아지른 절벽으로 이루어져 있는데, 안쪽으로 들어갈수록 넓어집니다. 입구를 제외하면 달리 나갈 수 있는 길이 없어, 더욱이 안쪽에는 물을 구할 곳이 없어 갇히면 그것으로 끝입니다."

초묵천은 싱긋 웃었다.

"후후, 물과 식량만 넉넉하다면야 수비하는 데에는 제격인 곳이기도 합니다. 게다가 안이 의외로 넓어 많은 이가 진을 치기에도 좋지요."

수심 사태가 끼어들었다.

"맹주, 안쪽에 진을 치고 천존부와 그자를 입구 쪽으로 끌어들일 작정이십니까?"

"사태, 천존부가 우리를 치고자 한다면 입구를 뚫어야 합니다. 패왕이라 부르는 그자 또한 우리를 치고자 한다면 입구 쪽으로 움직여야 하지요. 서로 충돌이 일어날 수밖에 없습니다. 일단 천존부와 그자가 부딪치기만 한다면, 우린 가만히 지켜보기만 하면 됩니다. 천존부에서 단신인 그자를 가만 놔두지 않을 것이니까요. 그자 또한 그런 천존부를 거리낌없이 상대할 것입니다. 도통 겁이나 망설임을 모르는 자이니 말입니다."

구하 진인과 금양 도장은 초묵천의 말에 찬성하는 기색을 띠었다.

수심 사태는 슬쩍 당무곡을 흘겨보았다.

당무곡은 뚫어져라 초묵천을 주시했다.

"맹주, 만약에 천존부가 일부를 떼어 우리 당가와 아미파를 친다면……."

수심 사태는 움찔하며 불안한 표정을 지었다.

초묵천은 미소를 머금으며 당무곡을 향해 말했다.

"가주, 미안하지만 대를 위해 소를 희생할 수밖에 없소이다. 그리고 아직 시일이 다소 여유가 있으니, 대피시키면 되지 않겠소이까?"

"맹주, 누대를 이어온 우리 당가가 잿더미가 되는 것을 가만히 서서 지켜보란 말입니까? 더욱이 당가타에 있는 이들이 한두 명인 줄 아십니까? 그들을 대피시키는 것이 하루 이틀에 다 이루어지는 줄 아십니까?"

초묵천은 눈살을 찌푸렸다. 당무곡의 목소리가 눈에 거슬렸다. 하나 그는 여전히 미소를 잃지 않고 있었다.

"당가주, 대의를 생각해 주셨으며 하외다. 이대로는 천존부를 상대하기 매우 어렵소. 그것은 누구보다 가주가 더 잘 알 것이라 생각하오만."

당무곡은 탁자 아래에 있는 두 손을 꽉 움켜쥐었다.

'이제야 겨우 사천으로 와 놓고선 상황을 가지고 우리를 겁박하다니.'

당무곡은 초묵천이 자신을 협박한다고 생각했다. 천존부를 상대하기에 당가를 비롯한 세 문파는 너무 많은 피해를 입었다.

결국 구하 진인과 금양 도장, 그리고 수심 사태는 초묵천의 제의를 받아들였다.

하지만 당무곡은 받아들이지 않았다. 그는 자리에서 일어나며 분명하게 선을 그었다.

"우리 당가는 당가타를 버릴 수 없습니다. 죽더라도 당가타와 세가를 지키다가 죽겠소이다."

당무곡은 천막 입구로 돌아서며 걸어갔다.

초묵천은 당무곡을 보며 나직이 혀를 찼다.

"쯧쯧……."

무슨 의미인지 알 수가 없었다.

구하 진인과 금양 도장, 그리고 수심 사태는 당무곡을 말리지 않았다. 그들에게 초묵천이란 새로운 구명줄이 생겼기 때문이다.

천존이 실혼무정 막후광과 최정예 일천여 명을 대동하고 사천으로 왔다.

일천에 이르는 묵의 무복인이 은연중에 뿜는 기세는 사뭇 매서웠다. 다들 비고에서 나온 무공들을 집중적으로 익혀 짙은 마기를 흘렸다.

그사이 사수붕은 금당협의 입구에 진을 치고 있었다. 그는 금당협의 입구를 틀어막고는 스승인 천존을 기다렸다. 내심 이제 자신이 천존의 후계자라고 생각하며 들떴다.

여느 천막보다 몇 배가 큰 천막 내부에 다수의 수뇌가 서 있었다.

천막 중앙에는 태사의가 있었고, 태사의에는 천존이 앉아
있었다.

사수붕이 천존의 발치에 무릎을 꿇고 머리를 깊이 조아리
며 부복했다.

태사의를 중심으로 왼쪽에 홀균하와 국주광, 그리고 귀소
와 낭륵타가 섰고, 오른쪽에는 막후광과 이제 마흔 중반으
로 보이는 두 중년인이 섰다.

천존은 지그시 시선을 내리깔았다.

"수붕아."

"예, 사부님."

"내, 일찍이 너를 거두며 한 가지를 근심했다."

사수붕은 귀에 들린 천존의 말에 일순 움찔했다. 뭔가 이
상한 느낌이 들었다.

'왜 저런 말씀을 하시는 거지?'

사수붕은 의문을 느꼈다. 그사이 천존의 목소리가 이어졌
다.

"한데 결국 네놈의 그 교활함이 소추를 죽음에 이르게 하
고, 종국에는 네 일신까지 망치게 하였구나."

"사, 사부님."

사수붕은 당황하며 급히 고개를 들었다.

순간,

사수붕은 부르르 떨었다.

태사의에 앉은 천존의 두 눈동자에서 시퍼런 살광이 줄기 줄기 뻗어 나왔다.

"어리석은 놈. 네놈의 그 얄팍한 잔머리가 나에게 통할 줄 알았더냐?"

"사부님, 갑자기 어이 그런 말씀을……."

"잡아뗄 작정이냐?"

"사부님, 제자는 금시초문이라……."

"풋, 모자란 놈. 내가 소추의 무위가 어느 정도인지 모를 줄 아느냐? 소추를 죽이려면 적어도 구파 장문인 중 두 사람이 합공해야 한다. 한데 그런 소추가 낭인들에게 죽었다고?"

"컥!"

사수붕의 안색이 일순간 하얗게 돌변했다.

'미처 그것을…….'

사수붕은 심장이 덜컥 내려앉는 것 같았다. 누가 생각해봐도 의문이 들 것이다.

사수붕은 당면한 위기를 벗어나고자 발버둥을 쳤다.

"사부님, 사형은 분명 낭인들에게 죽었습니다. 저 또한 의문을 느껴 나름 알아보았습니다. 한데 별다른 의문이 없었습니다."

천존은 일갈했다.

"놈, 네놈이 감히 지금 내 앞에서 거짓을 말할 참이더냐?"

그 일갈은 천막을 쩌렁쩌렁 울렸다.

"사부님."

"닥쳐라! 네놈이 홀균하를 시켜 군자산을 소추에게 은밀히 복용시킨 것을 내 모를 줄 아느냐?"

사수붕은 혼비백산했다. 천존의 말은 곧 홀균하가 배신했다는 것을 뜻한다.

사수붕은 황급히 고개를 홀균하에게 돌렸다.

휙.

홀균하는 고개를 숙여 사수붕의 시선을 회피했다.

"네놈이!"

"죄송합니다, 원주. 저도 살아야 하니."

"으드득."

사수붕은 홀균하를 죽일 듯이 노려보았다. 그 순간, 사수붕은 벌떡 일어났다. 그러고는 뒤돌아서며 신형을 날렸다.

슈아아악.

전광석화였다.

돌연 막후광의 옆에 서 있던 두 중년인의 신형이 흐릿하게 변했다.

팟.

그들은 한순간 서 있는 곳에서 사라졌다.

사수붕은 그사이 천막 입구에 다다랐다.

'이제 난 살 수 있어.'

불과 두어 걸음.

사수붕은 전력을 다해 경공을 시전했다. 그때 별안간 입구에 두 중년인이 나타났다.

"멈추시오."

"감히."

두 중년인은 사수붕을 향해 출수했다. 묵빛을 머금은 장력이 사수붕에게 짓쳐 들었다.

"허억!"

사수붕은 다급히 피하려고 했으나, 장력은 그의 움직임보다 빨랐다. 삽시간에 다가와 상체를 격타했다.

꽈, 꽝!

사수붕은 비명을 지르며 튕겨 나갔다.

"으아아악!"

그는 작은 곡선을 그리며 천존이 앉아 있는 태사의로 날았다. 그러고는 발치에 떨어지며 나뒹굴었다.

쿠당탕!

천존은 천천히 우장을 들어 올렸다.

"못난 놈. 고작 한다는 짓이 겨우 그런 암수였더냐?"

천존의 우장에 검은 흑기가 어리기 시작했다.

츠츠츳.

사수붕은 황급히 고개를 들었다.

"사부님, 목숨만 살려……."

일순간 천존의 우장이 사수붕을 후려쳤다.

콰아아앙!

흑기를 머금은 장력이 단숨에 사수붕의 머리를 두드렸다.

"안 돼…… 끄아아악!"

사수붕의 머리가 터지며 뇌수와 파편들이 사방으로 뿌려졌다.

다른 자들은 허무한 죽음을 맞이하는 사수붕을 보며 숨죽였다. 천막에 숨 막히는 질식감이 만연했다.

천막 입구에 서 있는 두 중년인, 유명쌍마는 천천히 시선을 돌려 홀균하를 보았다.

으스스한 살기가 일었다.

홀균하는 천천히 걸음을 떼는 유명쌍마를 힐끗 쳐다보았다.

저벅저벅.

두 사람의 시선은 홀균하를 향했다.

홀균하는 유명쌍마가 다가오는 모습에 불안감을 느꼈다. 그는 급히 고개를 돌려 태사의에 앉아 있는 천존을 쳐다보았다.

"천존이시여, 부디 목숨만은 살려 주소서."

홀균하는 바닥에 무릎을 꿇었다.

풀썩.

천존은 침묵했다.

"……."

그는 귀찮다는 표정을 지으며 오른손을 팔걸이에 올리며 머리를 괴었다.

"부주님, 사실대로 말하면 절 살려 준다고 하지 않으셨습니까?"

홀균하는 사력을 다해 소리쳤다.

유명쌍마는 홀균하에게 이르며 무심한 눈빛을 띠었다.

그들 중 우측에 있는 중년인, 유명좌마가 오른발로 홀균하의 가슴을 걷어찼다.

퍼억!

홀균하는 허리를 깊이 숙였다.

"꺼억!"

유명좌마는 무표정했다. 일절 얼굴에 감정을 드러내지 않았다.

그는 오른발을 들어 인정사정없이 홀균하의 좌측 어깨를 내려쳤다.

빠악!

홀균하는 바닥에 엎어졌다.

"으악!"

유명좌마는 예의 오른발로 홀균하의 좌측 어깨를 내리밟았다.

"크아악!"

홀균하는 몸을 뒤틀며 고통에 찬 비명을 질렀다.

유명우마는 그때까지 일절 손을 쓰지 않고 있었다. 그는 홀균하의 비명에 눈살을 찌푸렸다.

유명우마는 짜증스러운 눈빛을 띠며 우장을 들어 홀균하

를 내려치는 시늉을 했다.

화아아앙.

장력이 일어나 홀균하를 향했다.

퍼억!

홀균하는 미처 비명도 지르지 못하고 머리가 터져 즉사하고 말았다.

천막 내부에 서 있는 이들 중 몇몇이 지독스런 긴장감에 마른침을 삼켰다.

"꿀꺽."

천존은 나직이 말했다.

"배신자는 죽어야 하는 것이 고금의 통례다."

그들은 살며시 몸을 떨었다.

심중 두려움이 무럭무럭 일어났다. 그들의 귀에 천존의 목소리가 들렸다.

"내일 중으로 금당협의 입구를 뚫어라. 못 뚫겠으면 네놈들의 수급을 내 발치에 가져다 놔라. 알겠느냐?"

진득진득한 살기가 물씬 풍겼다. 그 누구도 그 말에 이의를 제기하지 못했다.

조금 전 보았던 광경을 잊을 수가 없다. 자신이 그 광경의 주인공이 될지도 모른다는 공포가 심신을 지배했다.

"존명!"

천막이 떠나갈 듯한 외침이 동시에 터졌다.

9장

　수십여 장에 이르는 깎아지른 금당협의 입구에 수천여 명에 달하는 회의인이 도열해 있었다. 그 뒤쪽으로 일천여 명에 달하는 묵의인이 오와 열을 맞추어 정연하게 서 있었다.

　한순간이었다.

　쩌렁쩌렁한 일갈이 터져 나갔다.

　"공격하라!"

　일순간 화답하듯이 협곡을 때리는 거대한 함성이 일었다.

　"우—와아아아아!"

　수천여 명의 회의인이 거의 동시에 맹렬한 기세로 내달렸다.

　우르르.

　그들은 성난 파도가 되어 안쪽을 향해 물밀듯이 몰려갔

다. 땅이 그들이 내딛는 발걸음에 지진이라도 난 듯 뒤흔들렸다. 나아가는 회의인들의 손에 들린 병기들이 내리쬐는 햇볕에 반짝였다. 무수한 반짝임이 일어 보는 이로 하여금 절로 두려움을 느끼게 했다.

짙은 흙먼지들이 일어나 하늘로 피어올랐다.

금당협의 입구와 일직선으로 이어진 안쪽에는 대열을 갖춘 무리가 있었다.

대열은 흐트러짐이 없고 정연한 것이, 꽤 강한 모습을 보였다. 뒤편으로는 급조한 티가 역력한 나무로 만든 망루가 있었다. 망루는 협곡 전체를 조망하고자 만든 듯 그 위에 몇몇이 서 있었다.

"흠."

초묵천의 시선이 협곡 입구로 향했다. 그는 협곡에 메아리치는 함성에 얼굴을 찌푸렸다.

초묵천은 마음에 안 든다는 기색을 거리낌없이 드러냈다.

"원시천존. 맹주."

"어찌 말씀이 없으시오?"

구하 진인과 금양 도장은 초묵천에게 눈을 떼지 못했다. 어느사이에 두 사람은 초묵천에게 의존하고 있었다.

수심 사태는 불안한 눈빛을 띠었다.

"아미타불. 우리도 나가야 하지 않겠어요?"

초묵천은 물끄러미 협곡의 입구를 보았다. 금당협의 바깥

쪽과 안쪽 사이의 거리는 약 삼십여 장 어림이었다.

"조금만 더 기다립시다, 여러분. 곧 놈들의 선두가 안쪽으로 들어설 것입니다. 선두가 저기 보이는 곳에 이를 때, 우리가 마주 쳐 나가는 것이 좋습니다. 그들이 한꺼번에 들어서기에는 폭이 좁습니다. 그러니 몇몇 무리로 나누어 들이밀 것입니다."

구하 진인은 대열을 쳐다보았다.

아미, 곤륜, 공동, 초묵천이 이끄는 이들의 연합이었다.

"원시천존. 잘 막아 내야 할 터인데."

구하 진인은 걱정스러운 얼굴빛을 띠었다.

"구하 도우님, 걱정하지 마십시오. 맹주께서 어련히 잘 알아서 하시지 않겠습니까?"

금양 도장은 초묵천을 힐끔거렸다.

초묵천은 금양 도장이 말에 내심 실소했다.

'풋, 우습군. 내가 이들과 함께 있다니. 세상 참⋯⋯.'

초묵천은 얄궂다는 생각이 들었다. 그는 무심한 눈으로 협곡을 바라보았다.

긴장감이 주위로 짙게 깔렸다. 다들 얼굴을 경직하며 병기를 잡은 손에 힘을 주었다. 눈빛이 흔들리며 곧 벌어진 싸움에 엷은 흥분을 느꼈다.

저 멀리에서 천존부의 회의인들이 몰려오고 있었다.

"와아아아!"

"단 한 놈도 살려 두지 마라!"

살의가 어린 고함 소리들이 연거푸 터져 나왔다. 고함 소리는 협곡을 울렸다.

달려오는 회의인들이 뿜는 살기에 피가 빠르게 돌았다. 마른침이 절로 삼켜지고 몸이 움찔거렸다.

그사이 회의인들은 협곡 중앙에 이르렀다. 그들은 협곡을 가득 메우며 빠르게 안쪽으로 치달았다.

그때, 누군가의 일갈이 들려왔다.

"아직이다! 기다려라! 놈들이 중앙을 지나 우리에게 바짝 다가왔을 때, 치고 나간다! 다시 말한다! 기다려라!"

"……"

대답은 없었다. 이미 사전에 충분히 숙지하여 외울 지경이었다. 그들은 몰려오는 천존부의 회의인들을 보며 눈빛을 반짝였다.

잠시 후, 회의인들은 중앙을 지나 그들에게 쇄도했다.

"적도들을 물리쳐라!"

쩌렁쩌렁한 대성일갈이 터졌다. 협곡 안쪽에 있던 대열이 회의인들을 향해 쏟아졌다.

"죽여라!"

"와아아아!"

"천존부의 개들을 도륙하라!"

그들은 사기를 높이고자 고성을 질렀다. 두 줄기 거센 물살이 서로 부딪치는 듯했다.

회의인들과 무림맹 서천지단의 이들이 격렬히 충돌했다.

검이 빠르게 나아가며 대기를 갈랐다. 병기가 부딪치는 소리가 맹렬하게 울렸다. 강렬한 살의를 담은 고함이 메아리쳤다.

협곡 내에서 죽고 죽이며 죽는 아수라장이 벌어졌다. 죽고 싶지 않다면 상대방을 죽여야 했다.

"끄아아악!"

다수의 비명이 협곡 양쪽에 있는 단애에 부딪치며 메아리쳤다.

해는 어느덧 중천에 이르렀다. 쏟아지듯 내리쬐는 한여름의 따가운 햇볕이 미치지 않는 곳이 없었다.

협곡에는 비릿한 피 냄새가 진동했다. 역겹고 구역질이 나는 혈향에 숨조차 제대로 쉴 수 없었다.

작은 산이라고 해도 과언이 아닌, 시신들이 쌓였다. 한 폭의 지옥도가 같은 참상이 곳곳에서 펼쳐졌다.

천존부와 서천지단에 속한 이들의 싸움은 끝없이 이어졌다.

사력을 다해 상대방을 죽이고자 검을 휘둘렀다. 검은 이미 군데군데 이가 빠져 보기에 매우 흉했다.

"죽어라!"

상대를 향한 살의는 기세가 죽지 않고 더 살아 있었다.

푹.

살을 뚫고 파고든 검이 주는 고통에도 아랑곳하지 않았다. 황급히 손에 든 검을 들어 고통을 안겨 준 상대방에게 내려쳤다.

"으아악!"

상대방의 몸에 검이 박혔다.

눈앞이 뿌옇게 흐려지며 몸에서 힘이 빠졌다. 맥없이 몸이 아래로 허물어졌다.

풀썩.

유명쌍마는 고개를 돌려 서 있는 천존을 보았다.

천존은 협곡을 보며 눈빛을 반짝였다.

"밀어 넣어라!"

그의 일갈에 유명쌍마는 좌우를 둘러보았다.

"앞으로."

일천여 명에 달하는 묵의인이 한 발을 내디뎠다.

터, 턱.

그들은 마치 한 사람이 걸어가듯 일사불란하게 움직였다.

얼마 후, 묵의인들은 회의인들 후미에 다다랐다.

회의인들은 다가오는 묵의인들 향해 고개를 돌렸다. 그들은 의아한 얼굴빛을 띠었다.

"뭐지?"

"왜 다가오는 거야?"

"별안간 뭐야?"

회의인들은 우군인 묵의인들이 다가와 서자 고개를 갸웃 거렸다.

유명쌍마는 웃었다.

씨익.

묵의인들은 무표정한 얼굴로 천천히 등에서 검을 빼들었 다.

스렁, 스르렁.

낮은 소리가 주변으로 흩어졌다.

회의인들은 흠칫했다. 그들은 영문을 몰라 어리둥절해했 다.

묵의인들은 손에 검을 잡고 회의인들 후미를 향해 걸어갔 다. 그러고는 지척에 이르러 다짜고짜 검을 휘둘렀다.

부와악.

후미에 있던 회의인들이 일거에 당했다.

"크악!"

"아악!"

회의인들은 소스라치게 놀랐다.

우군이 아닌가?

한데 별안간 공격한다?

"왜 이래?"

"우린 같은 편이라고!"

"무슨 짓이야!"

회의인들의 분노 어린 항의가 쉴 새 없이 터져 나왔다.

유명쌍마는 눈매에 한광을 띠며 일갈했다.

"나아가 적들을 죽여라!"

"수단과 방법을 가리지 말고 협곡을 뚫어라!"

회의인들은 일순 깨달았다.

일천여 명의 묵의인은 독전대였던 것이다. 강제로 싸우게 만드는,

회의인들은 기겁했다.

그들은 묵의인들을 피해 내달렸다. 묵의인들의 의도는 명확했다.

처지면 죽는다.

묵의인들은 묵묵히 전방으로 걸어갔다.

저벅저벅.

그들은 눈에 띄는 회의인들에게 무심한 살수를 뿌렸다.

쉬익.

회의인들은 등이 베이고 목이 잘리며 허리가 베어졌다.

"끄아악!"

"앞으로— 가!"

"독전대다!"

"뒤로 처지면 죽어!"

눈치가 빠른 회의인들은 황급히 뛰어갔다. 그들은 동료들 사이를 거칠게 파고들었다. 그러고는 인파의 물결을 헤치며

앞으로, 앞으로 움직였다.

묵의인들은 그 사이 느린 발걸음으로 회의인들은 협곡으로 밀었다.

양 떼를 우리 안으로 밀어 넣는 것 같은 광경이었다.

협곡은 혼란스러웠다.

후미에서 밀어붙이는 압박이 장난이 아니었다. 선두에 서 있는 회의인들은 속절없이 떠밀렸다.

그들은 고개를 돌리며 소리쳤다.

"왜 이래!"

"밀지 마!"

그들은 배후에 있는 동료들에게 화를 냈다.

"빨리 가!"

"뒤에서 계속 민다고!"

"빌어먹을. 우리가 너희를 밀고 싶어서 미는 게 아냐."

"우리도 떠밀려 어쩔 수 없이 너희를 미는 거라고."

회의인들 사이에서 고성이 오갔다.

한편, 협곡 입구는 회의인들이 꾸역꾸역 몰려 매우 혼잡스러웠다.

그들은 너나 할 것 없이 아우성쳤다.

"비켜!"

"밀지 마!"

"빨리 가!"

그들은 연방 뒤돌아보았다.

묵의인들.

그들이 핏방울이 뚝뚝 떨어지는 검을 들고 다가오고 있었다.

무표정하고 싸늘한 표정, 그리고 일렁거리는 살기.

회의인들은 두려운 눈으로 묵의인들을 보았다.

"빨리 좀 가!"

"힉! 바짝 다가왔어!"

회의인들은 기겁했다. 그들은 다가오는 묵의인들에게 압도당했다.

❖　　　❖　　　❖

"허, 헉."

"하, 하학."

무림맹 서천지단에 속한 이들은 가쁜 숨을 몰아쉬었다. 그들은 어깨를 들썩거렸다.

"후, 후욱."

"교대를……."

"그럴 사람이 없어. 각자의 자리를 지켜."

"우라질."

그들은 거친 목소리를 내뱉었다.

오전 내내 싸웠다. 쉬고 싶었다. 목이 마르고 몸에 힘이 하나도 없었다.

그때, 누군가가 소리쳤다.

"놈들이 다시 몰려온다!"

그들은 화들짝 놀랐다. 다들 맞은편 협곡을 바라보았다. 시야에 다급하게 다가오는 회의인들이 보였다.

"이, 이!"

"지독한 놈들."

"젠장, 밥이나 좀 먹고 싸우자!"

"뭣들 해. 뛰어 나가."

서천지단에 속한 이들은 좀처럼 움직이려 하지 않았다.

초묵천은 그 광경에 얼굴을 일그러뜨렸다.

"지독한⋯⋯. 오전 내내 싸웠으면 어느 정도 휴식을 취할 만도 한데."

초묵천은 천존부의 이들이 물고 늘어지는 것에 투덜거렸다.

그는 고개를 뒤돌렸다.

"여의."

"네, 맹주님."

익여의는 초묵천에게 정중하게 대답했다.

"포섭한 낭인들을 투입해라."

"네. 알겠습니다."

익여의는 대답과 함께 돌아섰다.

초묵천은 그의 등을 보며 눈살을 찌푸렸다. 상황이 생각대로 풀리지 않았다.

"맹주."

"말씀하시지요, 금양 도장."

"보아하니 추가로 병력을 투입하고자 하시는 것 같은데."

"맞소이다."

"너무 오래 싸우지 않았습니까?"

구하 진인은 금양 도장의 말을 받으며 초묵천을 바라보았다.

"맞습니다, 맹주. 휴식이 필요합니다."

"구하 진인, 나 또한 그것을 모르는 바는 아니오. 하나 지금 놈들이 치고 들어오는데 쉴 수는 없지 않겠소?"

"그건⋯⋯."

구하 진인은 초묵천의 말에 대답하지 못했다. 딱히 할 말이 생각나지 않았다.

금양 도장은 협곡을 힐긋 쳐다보았다.

"맹주, 우리가 좁은 협곡을 틀어막으며 과연 승산이 있겠소이까?"

"금양 도장, 승산이 있소이다. 저들이 마냥 우리를 공격하지만은 않을 것이오. 우리에게 집중하느라 사천을 내버려둘 리가 없소이다."

"맹주, 한데 맹주께서 말한 그자, 패왕이라는 자는 어찌
안 나타나는 겝니까?"

"그것은……."

초묵천은 곤혹스러운 표정을 지었다. 그 또한 임유성이
나타날 때가 되었다고 생각했다. 한데 임유성은 전혀 모습
을 보이지 않았다.

수심 사태는 초묵천이 머뭇거리는 모습에 불안한 표정을
지었다.

"맹주, 과연 그가 이곳에 와서 천존부와 부딪치겠습니
까?"

"사태, 그는 분명 부딪칠 것이오."

초묵천은 확신에 찬 모습이었다.

구하 진인과 금양 도장은 고개를 돌려 상대방을 쳐다보았
다.

"원시천존. 그가 오지 않으면 우리가 애초에 세운 계획이
모두 물거품이 됩니다. 맹주."

"맹주, 우리는 맹주를 믿습니다."

초묵천은 구하 진인과 금양 도장에게 보았다.

"허허. 두 분. 너무 조급히 생각하지 마시구려. 그는 반
드시 올 것이다. 그와 천존부와 충돌하는 그때가 바로 우
리가 금당협을 뛰쳐나갈 때외다. 하하하하."

초묵천은 여유롭게 웃었다. 하나 그의 심중은 타들어 가
고 있었다.

'이익. 왜 아직 안 나타나는 것이냐. 왜─에에!'

초묵천은 애가 탔지만 속내를 드러낼 수 없었다. 그 때문에 억지 미소만 지을 뿐이었다.

초묵천은 고개를 돌려 협곡을 바라보았다. 그의 귀로 천존부의 이들과 서천지단의 이들이 싸우는 소리가 들렸다.

'어서 와라, 패왕. 소림, 화산, 종남, 무당을 짓밟은 그 강대한 무력으로 천존부 놈들과 어서 빨리 부딪쳐라. 어서.'

초묵천은 나름 열심히 염두를 굴렸다.

임유성과 직접적으로 부딪치기에는 부담감이 컸다. 그 때문에 껄끄러운 천존부와 임유성을 상잔시키고자 했다. 그런데 도통 임유성이 나타나지 않았다.

초묵천은 심중 불안감이 일어났다.

한 시진 후.

협곡은 모든 것이 뒤엉켜 뒤죽박죽이었다. 적아의 구별이 쉽지 않았다. 워낙 많은 수의 회의인이 협곡으로 들어왔다.

서천지단에 속한 이들과 낭인들은 밀려드는 회의인들에게 검을 휘둘렀다.

회의인들은 그들의 검에 베여 죽어갔다.

"으악!"

회의인들은 동료가 죽으면 그 시신을 밟고 달려들었다. 뒤쪽에서 계속 밀어붙이는 힘을 감당할 수 없었다.

멈추면 죽는다.

"으아아악!"

"안 돼!"

"제발 밀지 마!"

그들은 소스라치게 놀라며 소리쳤다.

눈앞에 적들이 두 눈에 불을 켜며 검을 휘두렀다.

회의인들은 그들에게 던져진 먹잇감에 불과했다.

끊임없이 검이 짓쳐 들었다.

"으아악!"

쉬잇.

"크윽!"

회의인들은 싸우기보다는 도살당했다. 그들은 맨몸으로 서천지단에 속한 이들과 낭인들을 밀어붙이려 했다.

낭인들로서는 어처구니가 없었다.

적인 회의인들은 막무가내로 몸을 들이밀었다.

"이 미친 새끼들!"

"죽고 싶다면야!"

그들은 쉴 새 없이 밀려오는 회의인들을 죽여 나갔다.

협곡의 폭은 좁아 승패를 가르는 것은 개개인의 무공이나 집단의 무력이 아니었다.

머릿수였다.

죽이고 죽여도 끝없이 몰려오는 회의인들. 그들의 맨몸으로 밀어붙이는 공격에 서천지단의 이들을 지칠 대로 지쳐 버렸다.

아침부터 싸우며 끼니를 챙기지 못했다. 그 상태에서 격전을 몇 시진 동안 치렀다.

몸도, 마음도 한계에 도달했다. 그럼에도 적인 회의인들은 끝없이 몰려왔다.

"허, 헉."

검을 쥔 손이 떨렸다. 끊임없이 검을 휘두른 탓에 힘이 하나도 없다.

그냥 쉬고 싶다. 사지를 늘어뜨리고 주저앉고 싶을 뿐이다.

"가까이 오지 마라!"

"꺼져!"

"이 지독한 거머리 새끼들아!"

그들은 회의인들을 향해 계속 검을 휘둘렀다.

"크악!"

죽이고 죽여도 끝이 보이지 않았다.

결국 조금씩 뒤로 밀리기 시작했다. 누가 시켜서가 아니었다. 지칠 대로 지친 상태에서 계속 밀려와 밀어붙이는 회의인들의 모습에 그만 질려 버린 것이었다.

슬금슬금.

서천지단의 이들과 낭인들은 뒷걸음질을 쳤다.

회의인들은 그들의 움직임에 눈빛을 반짝였다.

어차피 물러나면 죽는다. 살려면 협곡 내부로 들이밀 수밖에 없다.

"와아아!"

"살고 봐야지!"

"제기랄!"

회의인들은 서천지단과 낭인들을 향해 몰려갔다.

서천지단과 낭인들은 사력을 다해 회의인들을 막았다. 하나 중과부족이었다. 한 번 밀리기 시작한 것이 치명적이었다. 걷잡을 수 없이 밀리게 되었다.

"막아!"

"뚫리면 다 죽어!"

그들은 회의인들을 막기 위해 혼신의 노력을 다했다. 하지만 아무 소용이 없었다.

한 번 터진 물꼬를 통해 노도와 같은 물이 쏟아지듯, 회의인들이 밀어닥쳤다.

천존은 천천히 협곡의 입구로 걸어갔다.

저벅저벅.

그의 전면에서 묵의인들이 회의인들을 가차없이 베어 버리며 몰아붙이고 있었다.

"그만!"

"우린 같은 편이…… 으아악!"

소용없는 짓이었다. 아무리 같은 우군이라 말해도 묵의인들의 검은 멈추지 않았다.

무심하게 검을 휘둘러 죽일 뿐이었다.

천존은 씩 미소를 지었다.

"이런 좁은 공간에서 승자는 머리수가 많은 쪽이 될 수밖에 없다. 일체의 휴식을 불허하고 끝없이 공격을 가하는 쪽이 이길 뿐이다."

천존은 머릿속으로 초묵천을 떠올렸다.

"어리석은 자. 스스로 배수진을 친 것 같은데, 그것이 네놈의 명을 단축하는 악수였다."

천존은 초묵천의 속셈을 모르고 있었다. 그는 초묵천이 스스로 죽을 자리를 찾아들었다고 생각했다.

"네놈이 바라는 대로 철저하게…… 네놈들을 단 한 놈도 살려 두지 않을 것이다."

천존은 살기 어린 눈빛을 번뜩이며 걸음을 떼었다.

망루에 선 초묵천은 대경했다. 시야에 수하들이 협곡에서 밀려 나오는 광경이 보였다.

"안 돼! 협곡을 우리가 장악해야 해! 밀려 나오면 모든 것이 끝장이야!"

초묵천은 쥐어짜듯이 일갈했다.

구하 진인과 금양 도장, 그리고 수심 사태는 아연실색했다. 그들이 자리한 금당협 협곡 내부에는 달리 도망칠 곳이 없었다.

주위는 깎아지른 단애들이 병풍처럼 에워쌌다. 최악의 경우 덫에 걸린 쥐처럼 꼼짝없이 죽음을 기다릴 수밖에 없다.

세 사람은 두려운 빛을 띠며 초묵천을 응시했다.

"맹주."

"어쩌면 좋겠소이까?"

"맹주, 대처를…… 어서."

세 사람은 초묵천에게 매달렸다.

초묵천은 귀에 들린 세 사람의 목소리에 와락 인상을 썼다.

짜증이 강하게 일어났다.

초묵천은 고개를 돌렸다.

"여의."

"네."

"전황을 알아봐라. 그리고 어떤 일이 있어도 통로는 사수해야 한다고 전해."

"네."

익여의는 돌아서며 경공을 펼쳤다. 그러고는 통로를 향해 날아갔다.

초묵천은 두 손으로 망루의 난간을 힘껏 움켜쥐었다.

"제길, 일이 이렇게 되었는데도 왜 그놈은 아직 나타나지 않는단 말인가."

초묵천은 답답하다는 기색을 띠었다.

구하 진인은 초묵천이 대답하지 않자 당혹스러웠다.

"맹주, 어쩌면 좋겠소이까?"

구하 진인의 말이 신호인 양 금양 도장과 수심 사태가 채근했다.

"어떻게 하면 좋을지 말씀을 해 주시구려, 맹주."

"맹주, 위기외다. 명쾌한 답을 좀⋯⋯."

초묵천은 침묵했다. 세 장문인의 물음에도 그는 묵묵부답이었다.

'썩을. 명색이 구파의 장문이라는 자들이 애들처럼 칭얼대며 매달리다니.'

초묵천은 세 사람이 마음에 들지 않았다. 불안해 어쩔 줄을 몰라 하며 자신에게서 평안을 얻으려 했다.

그 모습에 눈살이 찌푸려졌다. 하나 그들 세 사람이 이제까지 걸어온 행보를 보면 이해 못할 바도 아니었다.

처음 곤륜과 공동이 사천으로 와 합세할 때는 의기양양했다. 한데 곧 아미가 있으나 마나 한 존재로 전락했다.

그들은 아미를 뺄 수도 없고, 아미를 끼고 있어도 별 도움이 되지 않았다. 그 때문에 당가를 끌어들였다.

그들은 당가를 통해서 부족한 전력을 보충했다. 하지만 그것은 은연중에 곤륜과 공동이 당가에 끌려가는 상황을 만들었다. 자연스레 당무곡에게 의존하게 되었다.

강대한 적을 맞아 자파의 전력을 보전하며 싸운다.

그럴 경우, 전면에서 적과 대치하며 방패 역할을 해 줄 세력이 필요하다.

구하 진인과 금양 도장은 그 방패로서 당가를 선택했다. 그리고 초묵천이 등장함으로써 새로운 강력한 방패 역할을 하게 되었다.

그런 뒤 그들은 당가라는 배를 버리고 초묵천이라는 듬직한 배로 옮겨 탔다.

그들이 믿을 것은 이제 초묵천밖에 없었다.

단애에 세 남녀가 서서 물끄러미 협곡을 내려다보았다.

임유성은 협곡 내부를 향해 걸어가는 천존을 보고 눈매를 번뜩였다. 그를 눈에 보이는 순간 무의식적으로 패도를 쥔 왼손에 힘이 들어갔다.

보미랑은 협곡을 보며 아미를 찡그렸다.

"저건 도살이야."

방일수는 그녀의 옆에 서서 협곡을 물끄러미 바라보았다.

"도살이긴 하지만 확실하게 상대를 밀어붙일 수 있는 수입니다, 누님."

"수는 무슨 수. 저건 수하들을 버리는 미친 짓이야."

"글쎄요. 전에 그런 말을 들은 적이 있습니다. 보급 물자

는 적고 거느린 군사의 수가 많을 경우, 일부러 군사들을
죽음으로 내몰아 전세를 보다 유리한 방향으로 돌리며 보급
물자는 적정 수준으로 올린다고 하더군요. 저렇게 맨몸으로
적을 밀다시피 하는 경우라고 할 수 있겠죠."

"미친."

임유성은 천존을 뚫어져라 바라보았다.

'그런 것인가, 천존? 당신의 눈에는 오직 복수밖에 보이
지 않는 것인가?'

임유성은 천존의 심중을 헤아렸다.

갓 돌이 지난 아들과 다섯 살 된 딸의 죽음에 그 아비의
마음이 어떠했을까.

아내와 양친의 주검에 오열하는 남편이자 아들의 마음이
얼마나 찢어졌을까.

삼십여 년이라는 세월을 오직 복수 하나만 바라보며 살아
온 천존이다.

그런 그의 눈에 과연 수하들이 들어올까?

"결국 피가 피를 부르고, 복수가 복수를 불러왔다고밖에
말할 수 없겠지. 당신은 당신의 복수를, 나는 나의 복수를
하면 그뿐. 기다려 주지, 천존. 당신의 복수가 끝날 때까지.
그때부터는 나의 복수가 시작될 테니까."

방일수와 보미랑은 움찔하며 임유성을 흘겨보았다.

서늘했다.

임유성에게서 냉랭한 한기가 느껴졌다.

방일수와 보미랑은 가볍게 떨었다. 임유성과 함께 움직이며 얼마나 강한 존재인지 실감했다.

두 남녀는 임유성이 곧 벌일 피의 축제에 두려움이란 감정이 일었다.

결국 뚫렸다.

협곡에서의 수적 우위는 초묵천에게 치명적인 결과를 가져왔다.

회의인들은 협곡을 돌파하고 내부로 들어서며 흩어졌다. 그들은 곳곳에서 서천지단과 낭인들의 연합 세력과 격렬한 접전을 벌였다.

구하 진인과 금양 도장, 그리고 수심 사태의 안색이 급변했다. 백짓장처럼 창백했다.

그들은 미미하게 몸을 떨며 초묵천에게 말했다.

"맹주."

"이제 어쩌면 좋소이까?"

"뭐라 말씀 좀 해 보세요."

초묵천은 망루에서 주변 상황을 살펴보며 침묵했다. 그는 귀에 세 사람의 목소리는 들리지 않았다.

세 사람은 언성을 높였다.

"맹주."

"어떻게 하면 좋소이까?"

초묵천은 눈살을 찡그리며 고개를 돌렸다. 그는 짜증스러운 듯 미간을 잔뜩 찡그렸다.

"각자 알아서 움직이시오."

세 사람은 일순간 멍했다. 귀에 들린 초묵천의 목소리는 그들을 버리는 것이었다.

"우리더러 무엇을 어찌하란 말씀이시오?"

"맹주, 그자는 어디에 있소이까? 천존부와 충돌하며 후미를 뒤흔들 것이라 말한 그자, 패왕 말이외다."

"아미타불. 맹주, 이곳은 달리 달아날 곳이 없소이다. 한데 우리더러 뭘 어쩌란 말씀입니까?"

초묵천은 버럭 소리쳤다.

"명색이 한 문파를 이끄는 장문인이라면 각자의 문파를 책임지고 움직여야 할 것이 아니오! 왜 자꾸 나에게 엉겨 붙소이까? 내가 그대들 문파의 수장이오?"

초묵천은 불쾌하다는 듯 홱 고개를 돌렸다. 그는 바닥을 차며 신형을 날렸다.

휘이익.

구하 진인과 금양 도장, 그리고 수심 사태는 망연했다. 세 사람은 그제야 깨달았다.

모든 것은 그들이 책임지고 독자적으로 알아서 움직여야 한다는 것을.

그 누구도 그들을 대신해 싸워 줄 수 없으며, 그들이 방패로 내세우고자 하는 세력은 자신들을 위해 싸워 왔음을.

　구하 진인은 창백한 얼굴로 힘없이 고개를 숙였다.

　금양 도장은 경련하며 넋두리처럼 중얼거렸다.

　"우리 공동이…… 우리 공동이……."

　수심 사태는 염두를 빠르게 돌렸다.

　'살아야 한다. 이곳에서 죽을 수는 없다. 우리 아미파가 여기에서 끝날 수는 없다.'

　수심 사태는 살아날 구멍을 찾고자 했다. 하늘이 무너져도 솟아날 구멍은 존재하는 법이다.

　수심 사태는 눈빛을 반짝였다.

　뇌리를 스치는 한 상념에 그녀는 미소를 머금었다. 자연스레 수심 사태의 얼굴에 작은 여유가 떠올랐다.

　"아미타불. 두 분, 방법이 없는 듯한데……."

　구하 진인과 금양 도장은 별안간 귀에 들린 수심 사태의 목소리에 의아했다.

　두 사람은 수심 사태를 쳐다보았다.

　"우리, 투항하는 것이 어떨까요?"

　일순 구하 진인과 금양 도장은 두 눈동자를 휘둥그레 떴다.

　수심 사태는 두 사람을 보며 작은 이채를 띠었다.

　"이래도 죽고 저래도 죽을 수밖에 없는 상황이라고 생각해요. 하나 잠시의 수치를 참을 수 있다면 각파의 명맥은 보존할 수 있을 거라고 생각해요. 아울러 힘을 길러 추후에 수치를 씻으면 되지 않겠어요. 아미타불······."

구하 진인과 금양 도장의 눈빛이 흔들렸다.

수심 사태의 말은 치명적인 유혹이었다. 한데 두 사람은 그 유혹을 뿌리칠 수가 없었다.

그들 스스로의 목숨도 목숨이지만, 각파의 명맥은 보존해 야하기 때문이다.

구하 진인과 금양 도장은 힘없이 고개를 끄덕였다.

수심 사태는 내심 미소를 지었다.

'호호호, 내가 앞장서서 투항을 권유한 것을 천존부가 알아준다면 적어도 저들 두 사람보다는 나은 대우를 받겠 지.'

얄팍한 여심이었다. 좁은 여인네의 소견이라고밖에 달리 할 말이 없다.

그사이에도 금당협 안쪽 곳곳에서는 서천지단의 이들과 낭인들이 죽어갔다.

회의인들에 이어 묵의인들이 내부로 들어섰다. 그들은 사 방팔방으로 흩어졌다. 그러고는 무자비한 살수로 낭인들과 서천지단의 이들을 주살했다.

"으아악!"

"크악!"

비명이 그칠 새가 없었다. 죽어가는 이들 태반이 서천지 단과 낭인들이었다. 게다가 결정적으로 구하 진인과 금양 도장, 그리고 수심 사태가 투항을 알리는 외침을 내뱉고 말 았다.

"투항하겠소!"

"모두들 검을 버려라!"

그때, 천존이 느린 걸음으로 금당협 내부로 들어섰다.

모든 교전이 일순간 멈췄다.

서천지단과 낭인들의 병기가 회수되고, 바닥에 무릎이 꿇려졌다.

그들의 맨 앞에 세 남녀가 부복했다.

구하 진인, 금양 도장, 수심 사태.

각기 곤륜, 공동, 아미의 장문인들.

천존은 그들을 비웃었다.

"호오, 곤륜과 공동, 그리고 아미파의 장문인들이 무릎을 꿇고 있다니. 후후후! 세상 참 오래 살고 볼 일이로군."

세 사람은 파르르 떨었다.

그 어찌 수치스럽지 않겠는가?

금양 도장은 나직이 도호를 읊었다.

"원시천존. 천존, 명색이 구파의 장문인이……."

그가 말을 꺼낸 순간이었다.

한 줄기 경력이 섬전처럼 금양 도장에게 쏘아졌다.

꽈앙!

금양 도장은 가슴에 꽂히는 경력에 뒤로 나가떨어졌다.

"끄아악!"

그는 땅바닥을 데구루루 굴렀다.

천존은 노한 얼굴로 일갈했다.

"시건방진 놈. 네놈과 이 자리에 있는 공동파의 제자들 목숨이 내 수중에 있거늘, 어디서 감히!"

천존은 살기를 일으키며 장내를 압도했다. 그의 기세가 무릎을 꿇은 이들을 압도했다.

구하 진인과 수심 사태는 심신을 강하게 누르는 무형지력에 심중 대경했다.

'크으윽! 이런 힘이라니.'

'강해…… 너무나도 터무니없이.'

천존은 금양 도장을 직시했다. 그의 눈에 금양 도장이 비틀거리며 일어나는 모습이 보였다.

천존은 미소를 지었다.

씨이익.

비웃음이자 조소였다.

"한데 왜 초묵천의 모습은 보이지 않는 것이지?"

천존은 시선을 내리깔았다. 그는 구하 진인과 수심 사태를 쳐다보았다.

구하 진인과 수심 사태는 급히 고개를 들어 다급한 목소리로 말했다.

"그는 도망쳤소."

"어디로 갔는지는 몰라요."

천존은 코웃음을 쳤다.

"흥, 내가 그 말을 믿을 것 같은가? 명색이 무림맹주인데 혼자 살겠다 내뺐다고?"

구하 진인과 수심 사태는 천존이 믿으려 하지 않자 마음이 급해졌다.

"원시천존. 사실이외다. 그는 우리를 버리고 종적을 감추었소."

"그가 어디로 갔는지 우리는 몰라요. 우리가 투항을 결정한 것은……."

천존은 금양 도장을 바라보았다.

금양 도장은 비틀거리며 몸을 바로하려고 안간힘을 쓰고 있었다. 그 모습으로 미루어 보아 상당한 타격을 받은 것 같았다.

천존은 눈빛을 반짝였다. 그의 오른손 검지가 튕겨졌다.

쐐애애애액.

지력이 대기를 양단하며 금양 도장의 미간을 향해 쇄도했다.

퍽!

금양 도장의 턱이 덜컥거리며 재껴졌다. 그는 기우뚱거리며 넘어갔다.

쿵!

구하 진인과 수심 사태는 경악한 표정을 지었다. 두 사람은 황급히 고개를 돌렸다.

그들의 시야에 금양 도장이 죽은 모습이 보였다.

"금양 도장."

"금양 도우님."

구하 진인은 고개를 천존에게 돌렸다. 그는 분노로 얼굴을 일그러뜨렸다.

"어찌 이럴 수가 있소. 투항을 하였는……."

구하 진인은 말을 이을 수가 없었다.

후우우웅.

구하 진인은 두 눈동자를 휘둥그레 떴다.

콰아아앙!

장력이 구하 진인의 얼굴을 때렸다.

"크아아악!"

구하 진인의 목이 터졌다.

수심 사태는 본능적으로 비명을 질렀다.

"까아악!"

그녀는 설마 천존이 투항을 했음에도 죽일 줄은 미처 몰랐다.

천존은 귀찮다는 기색을 띠며 옆으로 돌아섰다.

"모조리 다 죽여라."

낮으나 살기가 물씬 풍기는 목소리였다.

천존부의 수뇌들은 움찔했다. 하나 누구의 명이라고 거역

하겠는가.

그들은 일제히 일갈했다.

"죽여라!"

차가운 죽음을 선언하는 일성.

가장 먼저 움직인 것은 유명쌍마였다. 그들은 수심 사태에게 다가가 일 장에 그녀를 격살했다.

퍼억!

회의인들과 묵의인들이 투항한 이들에게 달려들었다.

이미 병기를 버렸고 제압을 당한 이들을 경악했다. 저마다 살고자 외쳤다.

"이럴 수가!"

"우린 투항을 했소!"

"제발 살려……."

자비는 없었다. 무자비한 죽음의 손길이 그들에게 쏟아졌다.

"끄악!"

"으아악!"

비명이 주위를 떠들썩하게 했다.

천존은 천천히 걸어가며 주위를 두리번거렸다.

"쥐새끼 같은 놈. 하긴 이런 막다른 곳에도 도망칠 구멍 한둘쯤은 준비해 두었겠지. 하나 그리 멀리 가지는 못한다, 초묵천."

천존은 서서히 수라마공을 운공했다.

검은 흑기가 꿈틀거리며 일어나 그를 휘감았다.

천존은 내기를 주변으로 퍼뜨렸다. 그는 기감을 확장하며
느끼고자 했다.

10장

　단애의 정상에 자리한 바위가 흔들렸다. 그러더니 옆으로 기우뚱거리며 굴렀다.

　쿠당탕!

　바위가 있던 자리에서 천천히 올라오는 것이 있었다. 다름 아닌 사람의 머리였다. 서서히 목과 가슴이 보였다.

　초묵천은 땅으로 올라서며 중얼거렸다.

　"대체 이 무슨 꼴이란 말인가?"

　초묵천은 얼굴을 뒤틀었다. 자존심이 무척이나 상했다. 그를 따라 올라온 익여의는 주위를 둘러보았다. 다행히 주위에는 인기척이 없었다.

　익여의는 고개를 돌려 초묵천을 바라보았다.

　"맹주님, 일단은 자리를 피하셔야 할 것 같습니다."

"흐음, 그래야겠지. 다시금 승부를 걸어봐야 할 테니. 가자."

"네."

초묵천은 옆으로 돌아섰다.

그때였다.

그들의 뒤쪽에서 낭랑한 목소리가 들렸다.

"겨우 그 정도였나?"

초묵천과 익여의는 흠칫하며 황급히 돌아섰다.

시야에 임유성이 천천히 걸어오는 모습이 보였다. 방일수와 보미랑, 두 남녀와 헤어진 듯 홀로였다.

"웬 놈이냐?"

익여의는 날카로운 눈빛을 번쩍였다. 그는 왼손에 든 검집을 가슴으로 세웠다.

여차하면 발검할 듯한 기세.

초묵천은 임유성을 보며 의아한 눈빛을 띠었다. 임유성은 약관 어림으로 보였다.

"자네는 누군가?"

임유성은 피식 웃었다.

"남들이 나더러 패왕이라 하더군."

순간 초묵천과 익여의는 경악실색했다. 누가 먼저라고 할 것도 없이 동시에 외마디 목소리를 삼켰다.

"컥!"

"흐윽!"

두 사람은 불신의 얼굴빛을 띠었다.

임유성은 놀라는 두 사람을 직시했다.

"또한 과거 경혼조의 후인기도 하지. 아울러 초묵천, 네놈이 작당해서 장손벽하를 죽인 범인으로 몬 사람이기도 하고."

초묵천은 멍했다.

익여의는 지면을 박찼다. 임유성을 적으로 간주한 것이었다.

쉐에에엑.

임유성은 재빨리 왼손에 든 패도를 뽑았다.

슈파앗.

순간, 도광이 번쩍였다.

익여의는 보았다.

찔러 나가는 그의 검을 가로막는 일도(一刀).

그와 함께 극강한 경력이 짓쳐 들었다.

모든 상황은 촌음 만에 이루어졌다.

"끄아아악!"

익여의는 화끈한 열기가 몸을 훑는 것을 느꼈다.

초묵천은 급히 지면을 박차며 뒤로 물러났다.

휘이익.

무의식적으로 임유성과 거리를 두고자 했다.

익여의는 그사이 지면으로 쓰러졌다.

쿵.

임유성은 초묵천을 보며 싱긋 웃었다.

"도망을 치겠다? 글쎄, 과연 그럴 수 있을까?"

초묵천은 임유성과 약 삼 장 어림의 거리를 두었다.

"이놈!"

초묵천은 임유성을 죽일 듯이 노려보았다.

그가 세운 계획을 몽땅 무너뜨리고 헝클어뜨린 원흉이다. 그 탓에 초묵천은 강렬한 살의를 느꼈다.

"죽여 주마."

초묵천은 두 손을 가슴으로 들어 올렸다.

파츠츠층.

강맹한 장력이 뻗어 나갔다.

임유성은 히죽 웃었다. 그리고는 장난을 치듯 도를 올려 쳤다.

도광이 번득이며 섬뜩한 느낌이 이는 도세가 일었다. 도 세는 다가오는 장력을 가르며 흐트러뜨렸다.

콰아앙!

장력은 터져 나가며 소멸했다.

임유성은 일갈했다.

"겨우 이따위 장력밖에 펼칠 줄 모르나! 그리고도 잘도 맹주 짓을 해 먹었군!"

명백한 조롱이었다.

초묵천은 노성을 터뜨렸다.

"으아아악! 이 버러지 같은 어린놈이."

초묵천은 망각했다.

앞에 서 있는 임유성이 패왕이라 불리며 소림, 화산, 종 남, 무당을 짓밟았다는 것을.

초묵천이 시전하는 수공(手功)이 임유성에게 짓쳐 들었다.

쉬쉬쉬쉿.

수공은 임유성에게 가까이 다가가며 휘어지고 돌았다. 살아 꿈틀거리는 것 같았다.

임유성은 눈매를 반짝이며 패도를 들어 내려쳤다.

"꺼져!"

패도는 장대한 기세를 뿜으며 수공을 직격했다.

쿠아아앙!

파아아앙!

수공이 산산이 깨어졌다.

초묵천은 기가 막혔다. 그가 시전하는 무공마다 임유성은 너무도 수월하게 막아 냈다.

"이것도 막아 보아라!"

초묵천은 일갈과 함께 두 손을 내리그었다.

무형의 벽과 같은 기세가 나타나 임유성에게 쏘아졌다.

슈우우욱.

임유성은 패도로 정면 공간을 일직선으로 갈랐다.

콰아아앙!

초묵천이 일으킨 기세가 허무하게 터져 나갔다. 그는 짓쳐 드는 반발력에 충격을 받아 비틀거렸다.

"끄으으……."

누가 봐도 그가 임유성에게 밀린다는 것을 알 수 있었다.

"초묵천, 언제까지 장난만 칠 것이냐? 네가 익힌 최강의 무공을 시전해라. 그렇게 하지 않는다면 네놈은 죽는다!"

임유성은 포효하고 있었다.

상대인 초묵천의 자존심을 가차없이 짓밟으며 욕보였다. 얼마나 무력한 존재임을 알게 해 주려 했다.

초묵천은 모욕을 느껴 내공을 끌어 올렸다.

"오냐. 네놈에게 내가 익힌 오행금혼신공의 위력을 보여 주마!"

다섯 줄기 황금빛 기운이 일어나 그의 전신에 어리기 시작했다.

츠츠츳.

임유성은 패도를 힘주어 쥐었다.

기감에 느껴지는 초묵천의 기세가 심상치 않았다. 날카로운 다섯 개의 창이 동시에 찔러 오는 것 같았다.

황금빛 기운이 움직였다.

초묵천의 머리에서 두 치 어림 떨어진 곳에 모였다.

스스슷.

황금빛 기운은 서서히 둥근 공처럼 뭉쳤다.

초묵천은 임유성을 노려보며 대성일갈했다.

"죽어라!"

황금빛 구체가 빛을 뿜었다.

푸화아아악.

구체는 임유성을 향하며 다섯 줄기로 갈라졌다. 그리고 임유성의 미간, 어깨, 가슴, 배를 노렸다.

임유성은 형형한 눈빛을 띠며 쩌렁쩌렁 울리는 일성을 내질렀다.

"어지러운 하늘에 무엇을 바라는가, 혼천무망(渾天無望)!"

패도가 나아가며 삽시간에 커졌다. 그러고는 공간을 뒤덮으며 거대한 도신을 드리웠다.

임유성이 거인이 되어 거대해진 패도를 휘두르는 것 같은 광경이었다.

다섯 줄기 황금빛이 패도와 부딪쳤다.

콰, 콰, 쾅!

폭음들이 연거푸 울렸다.

패도는 충격을 받은 듯 격렬하게 진동했다. 그러더니 다시금 공간을 가르며 초묵천을 향해 쇄도했다.

"허억!"

초묵천은 두 눈동자를 화등잔만 하게 떴다. 그의 눈에 보이는 패도는 공간을 가득 메운 듯했다.

초묵천은 피하려고 했다. 하지만 그가 움직이는 것보다 패도의 속도가 빨랐다.

"크아아악!"

초묵천은 거대란 패도에 자신의 몸이 터져 나가는 것을 느꼈다.

꾸—와아아앙!

땅이 지진이라도 만난 듯 뒤흔들렸다. 무수한 균열이 거미줄처럼 사방팔방으로 내달렸다.

쩌저저적.

솟구치는 자욱한 흙먼지가 시야를 가렸다.

임유성은 패도를 비스듬히 늘어뜨렸다.

"오는 것인가?"

빠르게 다가오는 한 존재의 강렬한 기가 기감에 잡혔다. 절로 긴장감이 일었다.

"강한 자다. 필시 그렇겠지만……."

임유성은 무심한 모습으로 서 있었다.

얼마나 지났을까.

고공에서 강대한 기세가 뻗어져 왔다. 기세는 청명한 한여름의 하늘을 뒤덮었다.

고오오오오.

저 먼 지평선에서 작은 점이 보였다. 점은 차츰 커지며 빠르게 가까워졌다.

임유성은 오연한 자세로 꼿꼿하게 섰다. 그는 다가오는 점이 사람의 형체로 바뀌는 것을 물끄러미 바라보았다.

천존, 그였다.

천존은 임유성의 맞은편 오 장 어림에 착지했다.

그는 흠칫했다. 주위에 너부러져 있는 육편들이 눈에 들어왔다.

천존은 임유성을 쳐다보았다.

"강해졌구나."

"당신에게 두 번 당하지 않을 정도는 되지."

"의외다. 죽은 줄 알았는데."

"죽기에는 맺힌 것이 너무 많아."

"그런 것이냐? 하긴 우리 두 사람 사이에 무슨 말이 필요할까?"

"문답무용이겠지."

임유성은 천마무적신강(天魔無敵神罡)을 운공했다. 패력이 일어 몸을 뒤덮었다.

천존은 수라마공을 일으키며 흑기로 몸을 감쌌다.

두 사람이 일으키는 신공과 마공의 기세에 대기가 일렁거렸다.

기세는 물결처럼 출렁이며 하공 한 점에서 부닥쳤다.

파, 파, 팡!

공기의 흐름인 대기가 두 강력한 기세에 터졌다.

천존은 임유성에게 두 손을 뻗었다. 노도와 같은 흑기가 짓쳐 나갔다.

임유성은 패도를 올려쳤다.

참천절지(斬天切地).

하늘을 베고 땅을 끊는다.

패도가 일으키는 도세는 다가오는 흑기를 거침없이 갈랐다. 그러고는 천존을 향해 치달았다.

천존은 도세에 왼손을 들어 가볍게 내려쳤다. 거센 경력이 일고 지척에 이른 도세를 때렸다.

쿠아아앙!

도세는 산산이 흩어졌다.

임유성은 그 즉시 지면을 박차며 도약했다.

"도의 뜻에 멸하지 않는 것은 없도다, 의도무멸(意刀無滅)!"

패도의 도신에 빛이 어렸다. 그 빛은 도첨으로 모여들었다. 그러고는 한순간 폭발하며 천존을 행해 쏘아졌다.

버ㅡ번쩍.

빛살이 공간을 가로질렀다.

"놈!"

천존은 좌장을 들어 원을 그렸다.

빙그르.

흑기가 순식간에 모여 막을 형성했다. 그러자 빛살이 막을 때렸다.

콰아아앙!

쩌, 쩡!

막에 금이 갔다. 그러고는 이내 부서졌다. 그사이 빛살이 사그라졌다.

임유성은 패도를 고공으로 집어 던졌다.

파천뢰를 펼치려는 것이었다. 패도는 무서운 속도로 치솟았다. 삽시에 시야에서 사라지며 아득히 높은 곳에서 반짝였다.

천존은 흠칫하며 몸을 움츠렸다.

느껴졌다.

고공에서 천지를 뒤덮으며 내려칠 듯한 미증유의 힘을.

"달라졌구나."

천존은 있는 대로 공력을 끌어 올렸다.

수라마공의 거친 기운은 천존의 경락으로 스며들었다. 그와 함께 흑기가 더 짙어졌다.

검은 윤기가 반짝이며 흐르는 듯했다.

서서히 천존이 흑기에 가려지며 보이지 않았다. 흑기는 꿈틀거리며 서서히 형체를 갖추어 갔다.

한편, 고공에서 뇌전을 연상시키는 패력이 떨어졌다.

콰아아아아!

패력은 천존의 두정을 목표로 내리꽂혔다.

흑기는 불어나며 사람의 형상을 띠었다. 천존이 마치 검은 거인이라도 된 듯한 광경이었다.

삼 장 어림의 거인이 고개를 들며 두 손을 뻗었다.

일순간 패력과 거인의 두 손이 부딪쳤다.

꽈아아아아앙!

티이잉.

패도는 힘없이 튕기며 작은 곡선을 그렸다.

임유성은 어느새 경공을 펼치며 패도를 낚아챘다. 그러고는 거인을 엄습했다.

슈우우우.

임유성은 거인의 주변을 원을 그리며 돌았다. 그가 움직임을 따라 잔상들이 일어나 거인을 에워쌌다.

거인의 입 부위에 어린 흑기가 꿈틀거렸다. 기괴함이 소름이 돋을 지경이었다.

왠지 미소를 짓는다는 느낌이 들었다.

검은 거인은 귀찮다는 듯 왼손을 내쳤다.

극강한 경력이 일었다. 경력은 움직이는 임유성의 주변 일장을 목표로 삼은 듯했다.

임유성은 용케 피했다. 그러자 경력이 지면으로 내리꽂히며 굉음이 터졌다.

콰아아앙!

땅거죽이 뒤집어지며 치솟았다. 흙먼지가 일어 임유성을 가렸다.

촌음이었다.

흙먼지에서 도세가 일어나 거인의 왼발로 짓쳐 들었다. 그러고는 거침없이 잘라 버렸다.

슈아악.

흑기가 꾸무럭거렸다. 잘린 왼발에 흑기들이 다시 모여 뭉쳤다.

임유성은 지면을 박차며 물러났다. 그러고는 외치며 거인의 뒤로 돌았다.

"어지러운 하늘에 무엇을 바라는가, 혼천무망(渾天無望)!"

패도는 다시금 거대하게 변하며 공간을 뒤덮었다.

거인은 다가오는 거대한 도를 느낀 듯 천천히 뒤돌아섰다. 그 순간, 패도가 섬광처럼 내습하며 거인의 가슴에 들이박혔다.

퍼어억!

거인은 충격을 받은 듯 두 걸음을 물러났다.

쿠, 쿵.

패도는 원래의 크기로 돌아가며 튕겨 났다. 임유성은 패도를 낚아채며 이맛살을 찌푸렸다.

"크하하하하! 그 정도로는 수라마공의 마신체를 어찌할 수 없다!"

"마신체?"

"어리석은! 무형의 진기를 유형으로 고착시켜 형태를 만들어 내는 것도 모르더냐?"

"이!"

임유성은 화가 났다.

검은 거인, 천존이 자신을 비웃고 있었다.

"꺼져 버려."

임유성은 패도를 휘둘러 거인을 단숨에 그어 버렸다. 도광이 번쩍이며 거인을 향했다.

슈파아악.

도광은 거인의 좌측 옆구리에서 어깨까지, 한 줄기 도흔을 만들었다.

거인의 몸을 이룬 흑기가 살며시 갈라졌다. 그 사이로 천
존이 보였다. 그는 미소 띤 얼굴로 조소를 머금었다.

임유성은 그 모습에 피가 거꾸로 솟았다. 그사이 흑기는
다시금 메워졌다.

임유성은 패도를 뺐다.

천도진혼(千刀鎭魂).

패도는 거인을 향하며 무수한 도를 토해 냈다.

슈, 슈, 슉.

다수의 도는 거인이 서 있는 공간을 잠식하며 각기 다른
방향에서 쇄도했다. 그러고는 거인의 몸 곳곳에 박혔다. 그
때마다 폭음이 들렸다.

꽈, 꽈, 꽝!

임유성은 도들이 거인의 몸과 충돌하며 사라지는 것을 보
았다.

'소용없어. 여느 공격으로는 저 검은 거인을 이룬 흑기를
어떻게 할 수 없어.'

임유성은 눈빛을 반짝였다.

심중으로 답답함을 느꼈다. 그 자신이 시전할 수 있는 무
공 중 최강이라 생각하는 것을 연거푸 시전했다. 그럼에도
불구하고 검은 거인을 어쩌지 못하고 있었다.

임유성은 패도의 도병을 꾹 움켜쥐었다.

승부를 봐야 했다. 이대로 미적거리다간 자칫 자신이 당
할 수도 있다.

'하자. 이대로는 죽도 밥도 안 된다.'

임유성은 이를 악다물었다. 단전에서 있는 대로, 한 점도 남김없이 천마무적신강을 일으켰다.

임유성은 공력을 경맥과 기경으로 흘려보냈다. 그러고는 일주천하며 패도에 불어넣었다.

패도는 밀려드는 공력을 받아들이며 진동했다.

웅. 웅. 웅.

임유성은 패도를 높이 치켜들었다.

"빗발은 하늘과 땅을 지르고, 우렛소리는 강산을 질타하누나—!"

패도가 공간을 양단했다.

우각척천지(雨脚尺天地) 뢰성질강산(雷聲叱江山).

최후 절초가 빛이 되어 거인을 향해 뻗었다.

위기를 직감했기 때문일까?

거인의 몸을 이룬 흑기가 빠르게 밀려 나가며 뭉쳤다.

"수라의 이름으로!"

흑기는 기둥이 되었다. 그 후 뻗어 오는 빛을 향해 나아갔다.

허공 한 점에서 격렬한 굉음이 터졌다.

콰아아아앙!

굉음이 장내(場內)를 일순간 강타했다. 대기가 충격을 받은 듯 밀려 나가며 아스라이 파공음을 흘렸다.

그 소리에 귀가 먹먹해질 것 같았다.

"끄아아악!"

"허억!"

각기 다른 두 신음.

임유성은 뒤쪽으로 튕겨 나갔다. 그는 바람에 날리는 낙엽처럼 힘없이 땅에 떨어졌다.

쿠와앙!

천존은 뒤편으로 날아갔다. 충돌의 후폭풍을 감당할 수 없는 듯 그를 감싼 흑기는 순식간에 흩어져 온데간데없었다.

천존은 약 사 장 남짓 떨어진 곳에 이르러 땅에 내팽개쳐졌다.

쿠앙!

천존의 안색은 창백했다. 입에서는 가느다란 핏줄기가 흘렀다.

그는 쓰러진 채 임유성을 보았다. 시야에 임유성이 땅에 너부러져 미미한 떨림을 흘리는 모습이 보였다.

'대단하구나……. 소칠…… 내 친구여, 그대의 손자는 진실로 강해졌네. 날 위협할 정도로 말일세. 미안하네. 정말 미안하네. 자네의 손자를 두 번 죽여야 하는 날 용서하지 마시게나.'

눈시울이 뜨거웠다. 옅은 물기가 고였다.

천존은 이를 악물었다. 그는 두 손을 주먹 쥐며 힘을 주었다.

몸을 오롯이 세우며 임유성을 향해 일갈했다.

"으하하하하! 강해졌구나! 하나 날 어쩌지는 못한다! 나는 십마의 모든 것을 하나로 모았다! 그들이 남긴 힘은 모두 나의 것이 되었다! 천하에서 무공으로 날 죽일 수 있는 자는 단연코 없다! 죽여 주마! 이번에도 살아 돌아올 수 없도록, 갈기갈기 찢어 죽여 주마! 각오해라!"

천존은 다시금 수라마공(修羅魔功)을 운공했다. 곧 거칠고 흉흉한 수라마공의 공력이 일었다.

화아아앙.

흑기가 일어나 격랑처럼 일렁거리며 그의 몸에 서서히 어리기 시작했다.

임유성은 그사이 몸을 뒤집었다. 그는 두 손으로 땅을 짚으며 두 다리를 굽혔다.

'일어나야 해. 일어나라고, 임유성.'

두 눈동자가 이글이글 불타올랐다. 스스로를 채찍질하며 자신에게 외쳤다.

'일어나라, 임유성!'

임유성은 스스로를 독려했다.

부들부들 경련하는 사지로 몸을 지탱하며 사력을 다해 일어나려고 했다.

그는 이가 부서져라 악물었다.

부드득.

원수를 앞에 두고 이대로 죽일 수 없다는 원념과 의지, 두 감정이 임유성을 일으켜 세웠다.

한편, 천존은 그새 운공을 끝냈다. 그는 임유성을 향해 극강한 장력을 발출했다.

장력은 임유성에게 득달같이 달려들어 상체를 때렸다.

콰아아앙!

임유성은 튕겨 나가며 고통이 배인 처절한 비명을 질렀다.

"으아아악!"

그는 서너 장을 나가떨어져 땅에 팽개쳐졌다.

콰앙!

땅이 일어나 자신을 때리는 것 같다. 온몸이 죽겠다고 비명을 질렀다. 뼈와 관절이 우둑거리고 고통이 질주했다.

임유성은 이를 악물었다.

으드득!

견딜 수 없는 고통이 몰려와 흐려지는 의식을 일깨우고 붙잡았다. 그 덕에 정신을 잃지 않았다. 거대한 망치로 몸을 두들겨 맞는 것 같은 충격의 여운에 필사적으로 저항했다.

'이, 일어나야……'

임유성은 일어나고자 발버둥 쳤다. 얼굴은 고통으로 우그러지듯 일그러졌다.

천존은 임유성을 보며 마음이 흔들렸다.

"지독한……"

일어나려고 한다. 그렇게 당했으면서, 적잖은 타격을 받아 내상을 입었을 것이건만……

필시 자신과 맞서 싸우고자, 죽이고자 하는 것일 터.

천존은 가슴이 아팠다.

문득 고개를 들어 한여름의 푸르른 하늘을 올려다보았다.

'소칠……'

푸르고 청명하며 쾌청한 하늘을 무심히 떠가는 몇몇 하얀 구름들.

늙고 주름진 옛 친우의 얼굴이 그 하늘에 투영되었다.

가슴속에서 터져 나오는 그리움과 죄책감, 그리고 친구에 대한 정.

천존의 눈동자에서 한 방울의 작은 물방울이 떨어졌다.

휘이이이잉.

가만히 불어오는 바람이 떨어지는 물방울을 허공으로 흩날렸다.

'미안하네. 정말…… 정말!'

천존은 임유성을 죽이고자 흔들리는 마음을 다잡았다.

임유성은 나이와 연륜이 부족할 뿐, 이대로 몇 년 만 더 성장한다면 천존이라고 해도 상대하기 버거웠다.

'기회가 있을 때 죽여야 한다.'

천존은 두 눈을 부라렸다.

세상만사 다 때가 있는 법.

지금 임유성을 죽일 수 있을 때 죽여야 한다. 죽이지 못하면, 죽이지 않는다면…… 훗날 그가 임유성에게 죽을 것임을 잘 안다.

천존은 고개를 숙여 임유성을 바라보았다. 그새 임유성은 일어나 패도를 힘주어 잡았다. 하나 중심을 잃고 휘청거렸다. 똑바로 서 있지 못했다.

그럼에도 두 눈동자는 살아 있었다.

이글거리는 복수에 대한 원념과 의지가 활활 불타올랐다. 살기가 하늘을 찌를 듯 충천했다.

임유성은 악을 쓰듯 외쳤다.

"십마가 제일인 줄 아느냐! 아니야! 천마가 그들의 위에 있었어! 홀로 십마를 패배시키고 무릎을 꿇린 천마!"

"너, 너어……."

"그래, 내가 얻었지. 아득한 옛날, 세상을 피로 물들이며 종행하던 마를 패배시키고 마교천하라는 질서를 세웠던 천마. 나는 그의 유산을 얻었어. 천존, 당신과 나 사이에 얽힌 질긴 악연을 이제는 끝내자!"

임유성은 땅을 차며 하늘로 날아올랐다.

위로…… 위로 끝없이 푸르른 창공을 향해 치솟았다.

슈우우우우.

천존은 경악했다. 대경한 표정을 짓고 두 눈동자를 휘둥그레 떴다.

조금 전 귀에 들렸던 임유성의 말.

운명은 그와 임유성은 서로 반대쪽에 놓았다.

죽고 죽여야 하는 적.

얄궂기 그지없었다.

"허어, 악연이야, 악연."

천존은 고개를 들어 임유성이 치솟은 창공을 바라보았다. 그의 눈에 눈부신 햇살이 내리비쳤다.

쿠아아아아아아!

웅혼한 울림이 고공에 울려 퍼졌다. 대기의 흐름이 뒤틀리고 격하게 소용돌이쳤다. 하늘이 천둥을 치려는 듯 은은한 우뢰성이 울렸다.

우르릉.

광포한 무형의 힘이 대기에 존재하는 모든 기(氣)를 끌어당겼다.

콰아아아아!

푸르고 청명한 하늘이 급격히 어두워지며 구름들이 소용돌이에 휘말렸다.

홀로 창공에 두둥실 떠, 어깨를 벌리고 가슴을 내민 임유성.

그는 고개를 젖혀 하늘을 우러러보며 두 눈동자에서 강렬한 빛을 뿜었다. 그러고는 느리게 고공을 맴돌며 주위 수십여 장에 걸쳐 기를 마구잡이로 자신에게 이끌었다.

"천마여, 내 스승이여! 다시 한 번만 나에게 힘을 주소서! 내 가슴, 심혼 깊이 맺힌 분노와 원한을 토해 낼 힘을 주소서! 내 스승이여!"

천마무적신강(天魔無敵神罡)이 화답했다.

심장이 거세게 맥동하며 웅혼한 공력이 온몸을 폭풍처럼

내달렸다.

반짝.

작은 빛이 번뜩이며 차츰 임유성을 어루만지듯 어렸다.

천존은 황급히 수라마공을 일으켰다.

기감에 느껴지는 하늘에서 요동치며 광란하는 미증유의 기(氣).

'위험하다.'

천존은 위기임을 직시했다.

'생사투!'

천존의 얼굴이 심각하게 굳어졌다.

서로의 삶과 목숨을 걸고 상대를 죽이고자 하는, 죽이지 못하면 자신이 죽는 비정한 쟁투, 생사투.

살아남은 자가 승자이고, 죽은 자는 패자다.

천존은 지금의 일전에 목숨을 걸어야 함을 깨달았다. 수라마공의 흑기가 일어나 맹렬하게 맴돌았다. 사납고 황패한 기세가 우러났다.

콰아아아아!

천존은 흑기를 위로 이끌었다. 자신의 머리에서 약 서너 치 떨어진 허공에 모으며 의지를 실었다.

흑기가 뭉치며 검의 형상을 띠었다.

일장에 이르는 검신을 가진, 시커먼 흑검.

임유성은 패도를 천천히 머리로 들어 올리며 두 손으로 도병을 잡아갔다. 뇌리에서 천마 목경영의 일갈이 환청이 되어 천둥처럼 메아리쳤다.

'무위(無爲)하고 무사(無事)하라. 실천하되 억지로 하지 말 것이며 의도하지 말라. 만사를 무위자연의 다스림으로 행하는 바, 할 것이 따로 없음이다. 작은 것은 크게 하며, 적은 것은 많게 할지니, 세상 어려운 일은 반드시 쉬운 일 가운데에서 일어나며, 세상 큰일은 반드시 사소한 것에서 시작됨이다. 연자여, 나의 전인이여! 네 발밑을 보라. 천 리에 이르는 길이 네 발아래에서 시작되니, 아름드리나무도 털끝 같은 싹에서 생겨났다. 구층의 누대도 한낱 삼태기의 흙에서 쌓아졌음이니, 스스로 충만해라. 네 스스로 하늘과 땅을 오시하라. 네 앞에 아무것도 없음이니. 무적의 신위는 연자의 마음에서부터 시작됨이다. 절대무적은 곧 내 의지에 따라 좌우됨이니……'

임유성은 세상이 떠나가라 크게 일갈했다.

"절대무적(絕對無敵)이 내 의지다!"

패도가 공간을 양단하며 그어졌다.

파—

슈우우앗.

눈을 뜰 수 없을 만큼 찬연한 서기가 폭렬하며 주위를 대낮처럼 환하게 밝혔다.

빛이 일직선으로 내리꽂혔다.

어떠한 소리도 없었다. 그저 무심히 반짝이며 세상을 밝히는 양광이었다.

천존의 두 눈동자를 밝고 눈부신 빛이 찌를 듯 파고들었
다. 그는 눈매를 반개하듯 가늘게 찡그리며 대성일갈했다.

"수라의 검이여, 내 앞에 있는 적을 멸하라! 수라지검(修
羅之劍)!"

흑검의 검봉이 들리더니, 하늘을 향해 곧게 쏘아졌다.

슈아아아앙.

흑검은 내리꽂히는 빛을 향해 마주 짓쳐 나아갔다. 삽시
간에 거리라는 공간이 사라졌다.

그리고 허공 한 점,

쿠─과과과과과!

파천의 굉음 같은 일성이 터졌다. 그러고는 세상을 한입
에 집어삼킬 듯 끝없이 사방팔방으로 메아리쳤다.

두 절대력의 충돌은 막강할 수 없는 후폭풍을 낳았다. 작
은 점에서 생긴 파문은 급속히 사위로 퍼지며 커져 갔다.
그리고 닿는 모든 것을 부수고 날려 버렸다.

드드드드.

대지가 지진이 일어난 듯 거세게 뒤흔들리며 요동쳤다.

쿠─콰앙!

꽈르릉!

단애가 무너져 굴러 떨어졌다.

아름드리 고목들의 줄기가 꺾이고 부러지며 뿌리가 뽑혀
쓰러졌다.

존재하는 모든 것을 말살하고 소멸시키고자 하는 파괴의

의지가 세상을 지배하는 것 같았다.

서서히 모든 것이 잦아들었다.

임유성은 힘없이 낙하했다. 그는 눈 깜짝할 사이에 땅으로 곤두박질쳤다.

바닥이 움푹 파이며 웅덩이가 생겼다. 주위로 다수의 균열이 거미줄처럼 그어졌다.

쿠우우웅.

천존의 얼굴에서 핏기라고는 찾아볼 수 없었다. 머리는 풀어헤쳐져 불어오는 바람에 힘없이 흩날렸다. 그는 칠공에서 선혈을 흘리며 힘없이 땅바닥에 무릎을 꿇었다.

털퍼덕.

입은 옷은 찢기고 할퀴어져 걸레나 마찬가지였다.

몽롱하다.

잠이 오는 듯하다. 눈앞에 갓 돌이 지난 갓난아들이 방실방실 웃고 있었다.

'아빠······.'

이제 다섯 살이 된 귀여운 딸이 동생 옆에서 자신을 보며 생긋이 미소 지었다.

'연아······ 이 아비는······ 이 아비는······.'

천존은 상체를 숙이며 엎어졌다.

팅.

그는 고개를 오른쪽으로 돌리며 눈꺼풀을 깜빡였다.

아내가 갓난 아들을 감싼 포대기를 가슴에 소중히 품고

자신을 향해 밝게 웃었다.

　'여보…… 연아가 질투가 많아요. 호아를 싫어하네요.'

　아내와 딸, 그리고 아들이 흐릿하게 변하게 사라졌다.

　'가지 마…… 제발 가지 마…….'

　손을 뻗으며 말하고 싶었다. 한데 마음먹은 대로 되지 않
았다.

　눈앞에 주마등처럼 부모님이 나타나 반갑게 맞아 주었다.

　'허허…….'

　'무심한 인사 같으니.'

　가슴이 미어지고 터질 것 같다.

　'아버지, 어머니…… 가지 마십시오.'

　천존은 사라지는 부모님에게 애원조로 말했다. 서서히 부
모님이 사라지며 가문의 일족들이 나타났다.

　'형님.'

　'아주버님.'

　'숙부님.'

　모두들 그리운 얼굴들이었다. 그들 역시 허망하게 사라져
갔다.

　그러고는 나타나는 이들,

　'허허, 자네를 기다렸다네.'

　'이 친구야.'

　'하하하, 늦었네.'

　'술 한잔 사게나.'

'미안하네. 내 손자 때문에……'

보고 싶던, 그리운 얼굴들이었다. 이 세상에서 가장 소중했던, 생사를 함께한 동료이자 친구들.

천존의 두 눈동자에서 하염없이 눈물이 흘러내렸다. 죄책감과 후회, 그리고 미안함이었다.

'미안하네. 다들 너무 정말 미안하……'

바람이 불어왔다.

휘이잉.

바람은 천존을 쓰다듬듯 살며시 스쳐 지나갔다.

푸스슥.

천존의 몸이 가루로 변하며 불어오는 바람에 날렸다.

바람은 가루를 저 멀리 허공으로 실어 나르며 곳곳으로 뿌렸다.

넋을 위로하는 듯한 진혼의 뿌림 같았다.

허공에서 이리저리 흩날리는 가루는 허망하며 짙은 허무를 바라보는 임유성에게 안겼다.

임유성은 덧없는, 허허로운 표정을 지으며 가만히 날리는 가루를 바라보았다.

쓸쓸한 모습이었다.

〈『낭도』 完〉

1판 1쇄 찍음 2012년 6월 14일
1판 1쇄 펴냄 2012년 6월 18일

지은이 | 서 해
펴낸이 | 정 필
펴낸곳 | 도서출판 **뿔미디어**

편집장 | 이재권
기획 · 편집 | 문정흠
편집디자인 | 이진선
관리, 영업 | 김기환, 임순옥

출판등록 | 2002년 9월 11일 (제1081-1-132호)
주소 | 부천시 원미구 상3동 533-3 아트프라자 503호 (우)420-861
전화 | 032)651-6513 / 팩스 032)651-6094
E-mail | BBULMEDIA@paran.com
홈페이지 | www.bbulmedia.com

값 8,000원

ISBN 978-89-6639-734-1 04810
ISBN 978-89-6639-553-8 04810 (세트)